农民写的

农村故事

山西出版集团
山西人民出版社

图书在版编目(CIP)数据

农民写的农村故事/杨改桃主编.—太原:山西
人民出版社,2010.11(2011.9重印)
ISBN 978-7-203-07029-0

Ⅰ.①农… Ⅱ.①杨… Ⅲ.①随笔—作品集—中国—
当代 Ⅳ.①I267.1

中国版本图书馆CIP数据核字(2010)第218631号

农民写的农村故事

主　　编:杨改桃
责任编辑:隋兆芸
装帧设计:张　园

出　版　者:山西出版集团·山西人民出版社
地　　址:太原市建设南路21号
邮　　编:030012
发行营销:0351—4922220　4955996　4956039
　　　　　0351—4922127(传真)　4956038(邮购)
E－mail: sxskcb@163.com　发行部
　　　　　sxskcb@126.com　总编室
网　　址:www.sxskcb.com

经　销　者:山西出版集团·山西人民出版社
承　印　者:山西太报传媒有限公司

开　　本:890mm×1240mm　1/32
印　　张:9.625
字　　数:210千字
印　　数:18301—26500册
版　　次:2010年11月　第1版
印　　次:2011年9月　第4次印刷
书　　号:ISBN 978-7-203-07029-0
定　　价:28.00元

如有印装质量问题请与本社联系调换

目　录

序

我爱我村

大爱无疆

心香一瓣

网聊奇遇

后　记

带着"农民情结"读这本书

刘维佳

捧起这份沉甸甸的手稿，兴奋和喜悦之情油然而生。翻开农民兄弟自己写的书，看到乡里乡亲讲述自己的故事，我仿佛行走在麦田地头，如同坐在农家庭院，厚道与亲切迎面而来。这些年来，山西移动公司为农民群众做了许多好事，这次编辑出版《农民写的农村故事》，是他们做的又一件好事。为此，我深情感谢山西移动公司，也感谢"我爱我村网"。

我虽然出生在城市，但根脉永远在农村。因为我的血脉、筋骨和思想都是农民祖先赋予的，须臾都离不开滋养哺育我的黄土地。可以这样说，我的"农民情结"既与生俱来，又与日俱深。在这个越系越紧的"农民情结"中，不但有素朴和直白，而且还有执著和理性。

为这本书作序，我非常情愿，非常乐意。这本书的每一篇文章，都是土生土长的农民写的，他们写得真切，写得实在，写得美妙，生活丰富多彩，文字简洁凝练。我的第一感觉，《农民写的农村故事》

是一本独具魅力、颇具匠心、尤显特色的书，是一本散发着泥土气息和五谷芳香的书。

我是带着"农民情结"读这本书的。回忆往事，我人生的第一个职业就是农民。1970年寒冷的冬天，15岁的我就下乡当了农民。在长白山余脉的小山村里，是萍水相逢的父老乡亲帮助我度过了少年向青年的转变。"老户长"手把手教我做农村的大锅饭，村里的小伙伴陪我上山打柴下河担水。一位老大娘家里虽然吃了上顿没下顿，还在集体户断粮的时候让我到她家吃饭；夏天锄地，秋天割庄稼，我跟不上社员们的速度，到地头时总会有老乡返回来给我"接垅"……。四十年过去了，那情景至今让我难以忘怀。

读这本书的过程中，我还想起了2007年秋天的一件事。苹果红了的时候，我到晋南农村调研了三天，认识了几位让我佩服、让我敬重的老农民。其中，一位快70岁的老汉，不但把自己家的苹果园搞得红红火火，而且还经常骑着摩托车到外村外乡甚至外县传授苹果栽培技术，自己带着馍和水，还自费印了技术资料分送到农户，不收别人的一分钱。有一次，他到外县传授技术回家的路上下起了大雨，摩托车坏了不能骑，就推着摩托车走了二十多公里，凌晨三点才到家。我问他，为什么这样做？这位老汉告诉我，他掌握了果树技术，就想让乡亲们都会用。看到那家的果树修剪不好，他忍不住地去指导。老汉朴实无华的语言，折射出中国农民的伟大。那天晚上我难以入睡，写下了"山西农民真了不起"的博客，发在了新浪网上，网友纷纷留言，引起了不小的共鸣。

近年来，我的"农民情结"也进入了网络世界。2007年，山西移动公司就在全省两万多个村开通了网络文化站。我下乡调研时，有空就到村里的网络文化站看一看，和农民朋友聊一聊。去年底和今年初,我通过山西移动的"我爱我村网"先后两次和农民在网上交流,回答他们的问题,听取他们的建议,还利用网络视频相互拜年。农村的信息化加快了城乡一体化的步伐,同时也拉近了我和农民兄弟的距离。

我一直认为,"农民情结"是个好东西。一个人有了它心地就能够保持善良和平和,就不会忘本、忘祖、忘根,就可以带着强烈的责任感做好自己的工作。希望读者们拿到这本书时,心绪都能和我一样,勾起灵魂深处的"农民情结",开始经历一段洗去铅华、回归本真的"乡村游"和"农家乐"的愉快旅程。

开始阅读吧,在这里我们会遇到中国山西最伟大的农民!

二〇一〇年九月二十七日
(作者系山西省副省长)

我爱我村

旧日痕迹

吕梁市孝义市梧桐镇宜兴村　张婷婷　摄

我爱我村网掌门人用智慧和汗水培育出的艺术苹果

运城市万荣县王显乡王正村　周秦选　摄

新农村印象

晋城市高平市寺庄镇西阳村　邰亮　摄

暖阳下嬉戏的孩子

运城市万荣县里望乡乔薛村　黄中泽　摄

在冯村举行的乡村运动会

运城市芮城县南卫乡　吉海霞　摄

相亲记

朔州市应县金城镇龙泉村　刘建银

晋北农村时兴早婚。一来，父母脸面光彩，二来，盼望家族人丁兴旺，早得贵子。

21岁那年，我没考上大学，回村后林林总总干了不下十几个行当，一晃三年过去，也无甚成就。不但什么事业没做成，还落下一屁股饥荒，搞得灰眉怅眼的。无论村里人怎么评价，结论还是两个字：狼狈。

我没有结婚的时候，个子一米七八，人瘦，看起来像一根葵花杆，忽忽悠悠，打出晃进。我不喜欢侍弄庄稼，和房前屋后、左邻右舍的三大爷、四大妈一般也没话说。为什么没话？因为说不到一起。用现在时髦的话说，那就是没有共同语言。几年的东奔西走，也没个什么大出息，全村的老乡大多对我没有什么好的评价。看见别人家忙着盖新房、娶新娘，可把我爹和我妈眼红坏了。一听见别人家鼓乐喧天娶媳妇，我爹就苦着个脸抽旱烟，俺妈更是长吁短叹满地转。

我知道，他们是想给我娶个媳妇了。

我自己对娶媳妇的态度是，大风刮走孝帽，无所谓。

咱的情况咱自己知道：凭人，人不俊；凭钱，钱不冲。家穷人丑，天生打光棍的料。自己还有个毛病,志大才疏、自以为是、孤芳自赏,老感觉自己是一个干大事业的男人,常常认为自己怀才不遇、曲高和寡。我在父老乡亲的眼里,大概属于那类花拳绣腿、酸文假醋的"二打六"了。什么是"二打六"?"二打六"是乞丐讨吃用的家什(也叫莲花落),右手打两块竹板,左手打六块小竹板,呱嗒呱嗒地打起快板,说起讨吃的句子:"啊哈,大爷和大妈啊,这几天,我没来,遇到大爷您发财,您发财,我沾光,你吃肉,我喝汤……"

我曾经是我们村里人眼里的讨吃花子的候选人,自然本村的人是不会把自己的闺女扔到我家这个枯井里去了。加上那时候我家人多,房子破烂不堪,没有一件像样家具,所以,像我这样的人要娶个媳妇,真个是好比牛长翅膀猪上树。

人是高级动物,除了没死的心,剩下啥心也有。我不知什么时候记住了一句很长男人志气的话:"只要思想不滑坡,办法总比困难多。"

我父母都是没文化的老实巴交的农民,高深的话说不了,但心里亮堂。无论如何,他们是不让我打光棍的,况且他们也常常推陈出新,花样奇特——

首先是隔三岔五请媒婆吃饭。我们全家吃的都是粗粮,把细粮节约下来,给媒婆吃。三乡五里的媒婆没少吃我家的下挂面、滴鸡蛋、白面拉条子、羊肉臊子。那些媒婆子吃得实在看不过眼了,自然也就哄顺哄顺我爹妈。终于有一天,一个媒婆答应带我去相亲。

第一次相亲那天,我知道是媒婆应付我爹妈,不想去。那个时候一心想干点大事情,对结婚没有什么兴趣,况且书读多了,知道了风花雪月,懂得了浪漫情怀,自然是不想随那个俗。没想到,我的表现险些把我爹妈气个半死。没办法,我只好跟媒婆去相亲。

我骑了一辆自行车,后面带了那媒婆。路上走着走着,我呵呵地笑了。媒婆问我笑什么? 是不是相媳妇高兴的? 我回答,是。其实,我想我现在是驮了赵树理《小二黑结婚》里的小芹妈,满脸搽了官粉的三仙姑啊! 想到这,我才笑了。

一路无话。

快进"媳妇"村的时候,媒婆告诉我,你要是看对了,就把烟留下;看不对,就装上。什么意思?

说来也是个乡俗。

男人出去相亲的时候,必须带一盒好烟,去了得给媳妇家的男人们敬烟。最好是留下。看不上的,也可以把剩余的香烟带走。

不大一会,我们就去了女方家。

我进门的时候,女方家里有好几个男人,好几个女人,我照例是寒暄,敬烟。

屋里好几个年轻女人,我也不知道哪个是让我相的。

第一次做这个营生,我很尴尬,脸红、心跳、木讷。一紧张,说话居然有点结巴。七八双眼睛,是七八把锥子。七八张嘴,好像七八把刀子。我立马汗颜。

当男人们鼻孔像烟囱一样冒浓烟的时候,媒婆才推出一个女孩对我说,你们两个相看相看,一辈子的事儿,不可马虎。

我抬头看看这个女孩,大概是十七八岁的样子,一个眼大,一个眼小,厚嘴唇,猫鼻子,瘦骨伶仃,像我家擀面的案板。由于我紧张没看清楚,好像她脸上还有几块雀斑。其实,整个过程也不到一分钟,我是用眼睛扫描的。

接下来的感觉,我尴尬,我后背发冷,我额头沁汗,我手心冒凉气。

我的脑子搜索了一下,最后终于下了个结论:这个女人是我活了这么大见过的最丑的女人。

媒婆和女方家人说说笑笑,我斜跨炕沿边上,手足无措,拘谨,看见这个面案一样的女孩谈不上失望,因为我来的时候就没有什么希望,只是不想让父母失望罢了。

好几个女女交头接耳,对我指指点点。我局促无语。突然有人问我,你多大了,属相是啥?由于我没有充分的思想准备,而且又在走神阶段,我不知道为什么,居然结结巴巴地回答:"俺,俺,俺是龙泉村的。"

沉默。

唉……媒婆叹息。

喀、喀。我干喀。

媒婆毕竟是媒婆。

还没等大家缓过神,就把我夸开了,说我老实憨厚,不会说个话,是个念书人,是茶壶煮饺子的人等等。

女方家不知道谁附和了,说:"不赖,好后生……"

过了一会儿,媒婆和女孩以及女孩的母亲去了堂屋嘀嘀咕咕,不知道说什么。

又过了一会儿,她们都进了里屋。媒婆对我说:"相也相了,看也看啦,就看你们有没有缘分啦。咱们回去哇。"

回过头来对女方母亲说:"招弟妈,明天你给我个回话哇。"招弟妈应答道:"好哇,明天回话。"

接着,媒婆对我说,回哇,今天就这样了。

我好像犯人获得大赦。

女方家人送我们出了"衙门"。

我推自行车出来的时候,偶然回头一瞥,那个叫招弟的女子居然是个拐子。

路上，媒婆问我看对眼那女女没？

我突然想搁撩搁撩这个老女人，就说，问人家哇，我看对了。说完，我悄悄笑了。

很开心。因为我心里想，你这个老鸨子，把我家的鸡蛋白面没少吃。

我骑自行车，没半个小时，就把那老巫婆带回了我们家。

我妈妈热切的问我："蛋娃子，那女女咋地个？你看对没？"

我说："妈，不赖，一是活的，二是女的，其他的也不错。"

我妈不知道听明白我的话没有，接着说："那就好，那就好。"

话还没说完，就热辣辣地拉住媒婆的手说："二牛妈，俺娃娃的婚事全托付您了。"

媒婆说："是咧，是咧，俺明天再跑一趟。刚才俺听说，招弟妈是你三舅舅小舅子的四表弟家媳妇，你最好问行问行。"

媒婆说完，眼睛珠子滴溜溜的在我的破家乱转，鼻子也不住的疙抽。突然，老眼一放光，哈哈哈地大笑道："啊呀呀，你啥时候淋醋啦，满家的醋香味，好手艺，好手艺。"

我妈妈见人家这么一激灵，不由分说地拿了塑料卡子给那老巫婆灌了十来斤，提上醋，那老巫婆屁股一扭一扭地走了。

上午我去相亲，中午我爹从地里回来，问了我妈，说吃了饭，下午到女方村子找亲戚调查那女女的情况。

我压根也没有什么想法，吃了午饭就蒙头大睡。

朦胧里听见我爹走了，大概是问行那女女的情况去了。

傍晚的时候，我爹回来了。

脸色不大好。

把我妈妈叫到堂屋小声嘀咕，说那女女腿有点问题，云云。

正嘀咕着，媒婆进院了，大老远就听见那破锣一样的嗓子喊叫，他婶子，他婶子，在家吗，喜事，大喜事哇！

我妈赶紧迎接出去，说："快进家，二牛妈。"

人没进家，嘴先进门。

媒婆说，人家女方开始根本没看对咱娃娃，说咱们娃娃相亲的时候，直眉翻眼的，尽放铜，一点活流气也没有，还是个结巴子。要不是我把死雀说到了活树上，这个婚事是算黄了……

我爹嘴直，没等媒婆说完，就抢板说，那女女还是个拐子呢。

媒婆说，哎呀哎呀，老鸹嫌猪黑？不看看你家穷得叮当烂响的？有个拐子找你家娃娃就不赖了，好女女多的是，凭啥你想娶人家？就凭你家这德性，我早就给你娃娃定了个相亲的标准，我看哇，首先得是个母的，然后是个活的，其他的嘛，都无所谓啦……

听到这里，我气不打一处来，士可杀，不可辱，鸡蛋挂面就当喂狗了，我猛地大喝一声："老挨刀，滚你奶奶个蛋，爷爷打一辈子光棍也不要你这个乌鸦嘴说媒啊！"

一句话捅了马蜂窝，那老东西也不是省油的灯，哪吃过这样的披垮，跳高高、打能能的想和我打架。我爹我妈一看不对，赶紧央祈人家。后来我妈妈才说，妈也看她不是个好东西，只是怕咱们家传出个打媒人的名，如果咱家把名声坏了，哪还有媒人给你上门说媒？

结果大家可能也知道了，我的第一次相亲就这样草草收场了。

相亲结果：长满雀斑的拐子女女没看对我。

相亲结论：我人丑，家穷，没出息。

相亲后的心态：光棍也是人打的，手榴弹也是人要的。

自我安慰：淡定！

我在农村第一线

晋城市泽州县川底乡郭庄村　李海芳

　　我的家乡在农村,不算封闭,却也落后。儿时记忆中的油灯照明、牲畜耕地、牛马拉车依然清晰。忘不了我们全家人顶着烈日抢收麦子的情景,也忘不了坐着驴车串亲戚的感受。

　　对于一个土生土长的农村女来说,对农村的感受最为真切。特别是最近几年,农村的变化非常大:脚下的路不再泥泞了,变成了干净宽阔的水泥街;交通方便了,不少家庭购买了家庭小轿车;通讯方便了,电话、手机已经成为最普通的通讯工具,很多家庭还添购了电脑,上网查看资料,了解国家大事,甚至连购物都不出门了,直接网上订购;日常生活水平提高了,电灯、电视、冰箱、洗衣机等家电用品一应俱全,医疗、养老都有了保险,高档酒店也有了农村人的身影,农民群众也悄悄穿起了名牌;随着城镇化建设的步伐,一幢幢楼房在农村大地上拔地而起……

　　这所有的一切,都是在党的正确领导下实现的。特别是最近几年,国家加大对农村的政策扶持力度,一项项支农惠农政策相继出台,新农村建设的步伐明显加快,农村发生着翻天覆地的变化。我很幸运,我不仅见证了农村的发展变化,还成为一名新农村建设者——大学生村官。

到农村工作，不仅承载着国家的期望，也承载着我的梦想。当我进一步的贴近农村后，我发现农村需要我们，在新农村建设的征途上，需要有人来领跑。在农村基层工作近两年的时间里，站在另一种角度，我对农村有了更深的了解。

前不久，我做了一个村情民意调查。通过调查，我对农村有了一个全新的认识，也发现了一些问题：尽管农村生活水平越来越高，但是群众反映出来的问题越来越多，甚至对目前的生活状况越来越不满。这是为什么呢？就这个问题我请教了一些专家，后来才弄明白，我国目前的新农村建设还只是处于发展的初级阶段，不全面，在建设的过程中会显现出一定的矛盾。

在目前的农村，农民的知识水平还相对较低，缺乏一定技能，这就给农民工再就业带来很大困难，再加上自我意识不高，没有创新观念，文化生活又相对匮乏，所以大部分农民都走不出农门，而靠家里的几亩农田又很难致富。在新农村建设中，我们偏重了硬件的改善和更新，忽视了软件方面的投入。在农村，医疗卫生，教育文化，道路交通，水电等基础设施有了很大的改善，但更重要的是让他们的腰包鼓起来。在基层设施改善的同时，农村经济结构调整的步伐也要跟上，这是我在农村工作最深的体会。

这不仅是我的认识，也是我们村委的共识。所以，我们一直致力于农民增收这件大事。结合我们村地处山区的特定条件，搞特色农业，搞养殖是我们的主要出路。目前我村已新建一个养殖园区，主要养猪、鸡、羊、兔等。希望能通过这些示范户带动更多的人搞养殖，从而扩大养殖规模。同时，我们还通过各种方式为村民提供就业渠道，积极促进就业。

　　作为一名村官,光有想法是不行的,我积极发挥自身优势,做好科普宣传工作,利用网络和远程教育等手段,为创业农民提供知识技能服务,组织村民学习各种知识。通过村官网络交流,把外面的先进经验、做法引进来。深入到每一户了解情况,为他们讲解当前形式,鼓励他们通过自己努力改善生活状况。

　　农村工作,简单而又充实,通过和村民近距离的接触,我发现我已爱上这里, 爱上这片孕育着希望的田野。我希望有了我的努力,这里会变得更加美丽!

我的故乡——试验队村

运城市平陆县张村镇试验队村　孙　睿

　　我的故乡——试验队村,村子不大,是晋南很平常的那种。沿着一条不宽的柏油马路,零散地分布着几十户人家,百十口人,大都是上个世纪六十年代那次水库修建的搬迁户。

　　在我小的时候,村里的住户,大都居住在地窨院里。我曾经很努力地向我的同学描述过,边比划边用笔在纸上画出图样。所谓的地窨院,你可以简单地设想一下——在一块平整的土地上,挖出一个四方的大坑来,深度十米左右。之后,在坑壁上掏出几个大洞来,对! 就是你所熟悉的延安的那种窑洞,与我们这的颇有相似之处。最后呢,再挖一个门洞和外界相连,一个地窨院基本上就算完工了,稍加修饰后便可以住人了。

　　对村里人来说,这无疑是一项艰巨的工程。

　　据我爷爷讲,我们家先前的地窨院是他和他六弟,也就是我六叔,用了整整两个月挖成的。那时,倚在爷爷腿上听故事的我还小,不禁对爷爷和那个时常来我们家和爷爷抬杠的六叔肃然起敬。小小的脑海中,他们就是“超人”,很厉害。毕竟,我现在看来,那不啻于追求女孩子一样的任务,艰巨而困难。

　　如今,人们都填埋了所谓的祖屋,在原来的旧基上另择佳处,盖了青砖水泥顶的平房,宽敞明亮且不潮湿,真正的目的早已众所周知。正如一位大嘴媒婆所说的那样,人家女方一看你还是以前的旧窑洞,心中立马一万个不情愿。打个特简单的比方来说,人家是大学本科,而你就一高中生,还没有毕业,这压根就不是一个档次。

　　瞧人家说的,多形象多专业!

　　殊不知,这平房夏天热似蒸笼,冬天冷若冰窟,有些人渐渐怀念起以前住地窖院的日子来。我一直很佩服我的外公,因为,直到现在他依旧固执地住在以前的老屋里,就一个人,养了一只猫一条狗,只因为他在地窖院里住了几十年,有了感情,且冬暖夏凉,住着舒坦。夏日酷热难耐的时候,我便会带上几本书,走上七八分钟来到老屋,舒服地看上一整天书,实乃避暑之佳地!

　　现在,村中幸存的地窖院已屈指可数。为数不多的地窖院,大都岌岌可危。兴许,再过上十来年。它们便会彻底淡出人们的生活。而到了以后,对于小辈们来讲,地窖院该是闻所未闻的传说中的事物吧。

　　村子太小,所有的生活暴露无遗。哪家婚丧嫁娶这种大事尚且不说,若是谁家的孩子摔伤了或是小两口吵了几句,都会在很短的时间里成为人们饭后茶余,或是田间地头休息时的谈资。如果逢了农历的二五八,邻居家的婶子们便会提了兜相互招呼着去赶集,而很小的孩子则会快乐地紧紧跟随,无非是因为在集上可以吃到令人垂涎的冰糖葫芦,或是别的零食。大人们则会早早地思量好该置办些什么,然后便充分发挥口才——讨价还价。即使只有一毛两毛,也仍乐此不疲。这也正是乡村集市如此热闹的根源所在,到最后呢,会提着沉甸甸的胜利果实,满意而归,或许还会在回去的路上和旁人吹嘘"那件东西本来要 40,硬是被我砍到了 25！"言语间不无自豪。

城里人的婚丧嫁娶讲的是一个排场,而村里呢,则绝对是一个热闹。谁家要是过红白事,乡邻会自发的聚往他家,若是没了老人,便轻声安慰几句;婚娶呢,便扯上几尺布,随个份子,之后,妇人们便择菜洗碗,忙着手里的活,嘴巴也不停歇,间或很大声的笑闹,或是叫嚷,加之身旁人来人往,小小的孩子蹿上蹿下,房顶上安置的喇叭放着或悲或喜的音乐,除了热闹这个词,我不知道还能想到什么！

平素,日常所需的油盐酱醋之类,多是在村头的小卖部里买,大人们往往会支孩子去,而孩子们也乐意。经营小卖部的是一位和善的操着外地口音的老奶奶,总会在孩子的手中塞几粒糖果,同时呢,若有零头,孩子们也可以顺理成章地据为己有,而且名正言顺,名曰"跑腿费"！

已经说过了,村子很小,小到村委会至今没有一间像样的办公室,好不容易下定决心要建一座不大的平房,终因资金短缺而未能完工。现在就摆个架子放在那,如果需要开会,大家只好去村长家。好在,村长家的房子够大。

在小小村子里,人们度过一天又一天,生活在简单地重复。也许许多年后,村子依旧是小小的村子,而人们,除了生老病死外,或许依旧要保持一种近乎原始的状态,充满惬意,一脸的满足。

我当了一回"和事佬"

运城市稷山县稷峰镇马家巷村　马芳骥

和事佬可不是件好干的事儿。试想一下，谁愿意把好腿往泥窝里插呢？

当然，我当和事佬也不是自找麻烦的。

那一年腊月二十八，一大早我还没起床，一位朋友就来到床前，要我去和解他堂弟和弟媳妇分居两年多的麻烦事。已近年关了，我没有当和事佬的经历，可也不太好推辞，就问朋友："你觉得我能管得了这事？"朋友说："我觉得你能行！"无奈，我穿好衣服，抹了把脸，跟着朋友来到他堂弟家。

我们先见到了朋友他叔。由于是朋友来叫我的，我没多客套、啰嗦，直接开门见山。我告诉他叔："虽然你比我辈份大，年龄也大，但是你要我管这个事，我就得担你的事。我说咋个就咋个！"他叔不好意思地说："只要伢（指朋友的堂弟）愿意，我咋个都行！"

俩亲家的住宅一前一后。我出门，拐了一个弯，径直来到朋友堂弟的丈人家。

朋友堂弟的丈母娘见到我来了，忙问："你有啥事？好稀罕。"

我说："你一定猜不着。"

　　"我告诉你说,咱还有点亲戚关系哩!看见咱女儿几年啦,也没有另找婆家的意思。人家儿子几年也不提说媳妇的事,特地来问这事的!"

　　"是伢屋里叫你来的吗?"

　　"不是。"

　　"都过大年啦,你别管外事。"

　　"只要你愿意,我就是不过年也要把这事儿办了哩!"

　　"你说,咱娃那个样儿,愿意嫁人还熬煎找不下婆家!"

　　丈母娘的一句话使我心里有了底。我便直接问她:"去年那事为啥说不成?"她告诉我:"我女儿是他们通过大队(村委会)送过来的,二儿子又是在我这里生下的,我提的条件是:一、父母必须都过来唤我女儿,二、必须有大队干部参与,三、要给我多少斤粮食,多少块钱,作为我女儿和两个孩子两年的各种花销。"

　　我觉得条件提的不怎么怪味,就回答她:"粮食和钱没问题,通过大队干部这个好办,可父母,我的意见只来一个就行啦!"

　　随后的情况是,朋友堂弟的丈母娘也没再给我出啥难题。我便回到朋友他叔家,和他大伯、二伯、叔叔、舅舅商量,大家都觉得不错,愿意接受条件。一切准备就绪,可还缺几百元钱,为了尽快把好事办好,我马上跑回家里取来,先给人家垫上。最终,在我的说合下,分居了两年多的夫妻和孩子又团聚了。

偷 杏

吕梁市临县大禹乡大后沟村　张建梅

老公买了一些杏儿回来，涩涩的、酸酸的。吃着吃着，思绪便如窗外纷飞的柳絮般，越飘越远，回到了那个满是青涩的童年……

童年时代的我，活脱脱一个假小子：上山爬树，偷杏摘木瓜……经常在村里惹出一些是非来，和那些男孩子们折腾得鸡飞狗跳的！

哪个崖畔上长着木瓜树，哪家的地里长着杏树，哪家的枣儿开始先红圈，咱愣是记了个滚瓜烂熟！于是，每逢礼拜天，我就偷偷约上村里顽皮的男孩子去"侵略"！

记得那时候邻村的李奶奶家对面的山洼里种着一棵很大的杏树，虽然不是很高，但却是枝繁叶茂的。不仅如此，那棵树结的杏儿不同于其他人家的杏儿：比一般的杏儿早熟，而且不光杏肉可以吃，就连里面的杏仁都是甜甜的。

每年的五月，李奶奶家的杏树上的杏儿就开始熟了，黄澄澄、圆溜溜，诱人得很。看得我们这些小孩子垂涎三尺，舌头都发卷了。无奈李奶奶看得很紧——因为李奶奶要等到村上唱戏的时候摘了去戏场子里卖钱，维持她家的生计。怎么办呢？于是我们这些调皮的馋猫就每天放学后开始侦察,看李奶奶哪天出门,猜测她多长时间才能回家,以便我们可以毫无惊险地偷到李奶奶家的杏儿吃。

机会终于被我们等到了!有一天,我们看着李奶奶扛着锄头出了家门,知道李奶奶要上山锄地去了,于是我们几个就赶紧跑到杏树底下。那天我们一共去了三个人——我,狗粪,还有兵子。狗粪说:"梅子,你是女的,上树没我们快,你在地头放风,万一看到李奶奶回来就学一声猫叫。"说着,兵子和狗粪蹭蹭地就上了树,一边摘一边吃,慌慌张张的,有不少杏儿被碰得掉在了地上。我虽然心不甘情不愿,可也没办法,只好在地头张望着看他们摘杏,一边儿直往肚里咽口水,却忘记了我的职责——放风!"小兔崽子,叫你们偷我的杏儿!"伴随着叫骂声我的胳膊被一只大手抓住,吓得我一声大叫,猛一回头,发现李奶奶不知道什么时候已经站在了我的身后。原来,李奶奶就在对面的山头上锄地,看到树上有人,就赶紧跑回来。兵子和狗粪听见我一声大叫,看见李奶奶逮着我了,很没义气地哧溜一下溜下树跑了。李奶奶追不上他们,只好拿我"开斩"了!

李奶奶边捡树下的杏儿,边开始审问我,你们几个都是谁家的孩子?我死活不肯说,李奶奶就拽着我去了我们村,问村里人我家在哪,一直拉着我去了我家。我心想,唉,这下惨了,黄澄澄的杏儿吃不到,我妈这回非得扒了我的皮不可!

"有没有人,快出来看看你家的小兔崽子,偷了我的杏。"才进大门,李奶奶就大声地吆喝。听到吆喝,我妈马上跑了出来。本以为这回李奶奶会狠狠告我一状,没想到,就在李奶奶看到我妈的那一瞬间,李奶奶的眼神从愤怒忽然转变成了一脸微笑:"吕老师,原来是你家的孩子啊,没事,没事了!"我妈一看李奶奶提着杏儿扯着我,就猜到是我惹祸了,举手就要教训我。这时候李奶奶把我拦在身后："别打孩子，孩子还小不懂事，就是想吃杏了，这些杏儿送给孩子吃吧！"说着就把手里的杏儿给了我妈。"李奶奶，我可不能要您的杏儿，您还是拿着杏儿卖钱吧，您一个人不容易！""吕老师，当年要不是你，我们家孩子哪有今天啊，杏儿我送给孩子吃，你可不能打孩子啊！"就这样两人推来推去的，最后李奶奶执意放下杏儿走了！原来李奶奶家的孩子当年是我妈的学生，而且是我妈给联系走了保送大学，所以李奶奶一见我妈就特别感激！

李奶奶走了以后，我的屁股就遭殃了，妈妈拿着鸡毛掸子对我就是一顿痛打，边打边骂："你竟然去偷李奶奶家的杏儿，你知道李奶奶的那杏儿换的钱是用来干什么的？李奶奶一个人生活本来就苦，还要供她家儿子上大学，就凭杏儿还能换两个救命钱。可你却，我叫你偷！我叫你偷！赶明你想办法把这杏儿的钱给李奶奶送去！"那次我的小屁股被打得青一道黑一道的，但是我愣是没有哭，也许是知道自己犯错该打吧。

第二天，我拿着妈妈给我的钱偷偷塞进李奶奶家的门缝。

长大一些后，我去戏场子看戏，偶尔还能碰到李奶奶在戏场子里提着篮子卖杏儿。每当这时候，李奶奶总是亲切地叫住我，给我口袋里塞上一些杏儿。吃着那杏儿，我嘴里甜甜的，心里却是涩涩的，酸酸的，很不是滋味……

乡村婆姨们舞起来了

忻州市定襄县宏道镇北街村　　韩　彬

在抑扬顿挫、节奏鲜明的舞曲声中,我村的婆姨们在自制的霓虹灯下跳起来了。左三圈,右三圈,上左步,跟右步,两两相拥,踮起脚跟,轻快地旋转着,舞出各种优美的姿势。虽然不是很整齐,但也能赢来围观村民的阵阵叫好声。夜已很深了,村民们还是兴致盎然,久久不肯散去。

我村的舞蹈队,由几年前的三三两两、偷偷摸摸发展到现在的数百大军,从以前大多村民的指指点点、说三道四到现在的全村妇女的加入,村民们的思想确实有了一个很大的转变。几年前,几个年轻人在院落里悄悄学起了跳舞,大多数村民很不理解。而到了现在,每到路灯亮起的时候,村里的大街上就热闹起来。不光是年轻人,就连五六十岁的老年妇女也穿起了漂亮的连衣裙,在闪闪的灯光下翩翩起舞。跳舞的人们围成了一个大圈,圈子内是比较熟练的,圈子外是边看边学慢慢交流的。四步、三步、探戈、伦巴……大家快乐地聚在一起,以欢快的舞蹈表达对生活的热爱。不过,男性村民比较少,也许是为了过上好日子在奔波吧。

我孩子他妈也不例外,忙碌一天的她匆匆吃上几口晚饭,就在邻居的相约下去了街上。用她的话说，一跳舞就来精神啦！一跳舞就不累啦！一跳舞就没有睡意啦！有时半夜回来，还要拉住没睡的我，让我做陪练呢！

　　路灯亮了，街道宽了，村里的婆姨们舞起来了，村民们的生活变得丰富多彩了！

糖葫芦缘

运城市稷山县西社镇仁义村　赵湛荣

　　年刚过,相邻村子的"时节子"走马灯似的轮番上场,纷纷请大大小小的剧团唱戏。有戏的地方必定少不了小娃的身影,卖了多年糖葫芦的单强就乐颠颠地跟在剧团屁股后头跑,以期趁"热闹"多卖上几串。这天,他到了邻村庙台下,刚把自行车放好,小娃们就争先恐后地拥了上来,举着崭新的钱嚷着:"我要一串、我要一串……"

　　不一会,一杆满满当当的糖葫就所剩无几了。买了糖葫芦的小娃们一个个举着糖葫芦像得了战利品似地欢蹦着离去,单强则忙里偷闲地将余下的糖葫芦摆弄摆弄……一低头,看见一个大约七八岁的黑瘦小娃,衣服像久未洗过似的油光锃亮,双眼直勾勾地盯着糖葫芦,脏兮兮的手指头含在嘴里像含着好吃的似的一个劲地吮吸着,见单强看他,遂怯怯地问:"我爹的钱能买吗?"单强笑了,伸手摸着小娃的头说:"能,啥钱都能买,快回去取钱吧,迟了就买不着了。"小娃也笑了,转身用最快的速度,欢快地消失在人海中。

　　不一会儿,小娃举着"钱"回来了,说:"我要两串。"单强接过小娃手里的钱,肺都快气炸了,拿着钱怒问:"你爹就花这钱?"小娃愣了一下,说:"我奶说我爹就花这钱。"单强气不打一处来,说:"你奶呢,把她唤来,拿这钱买东西,不明摆着是糟蹋人嘛!"小娃哭了,满脸的委屈,抽泣着说:"我奶立不起来,下不了床!""下不了床?"单强用手戳着小娃的头,阴阳怪气地斥责道:"你小小娃就不学好,大了还了得,唤你大人来。"小娃杵那儿,没动。单强怒不可遏地说:"告你的话没听见吗?"抬手就要打小娃……

这时,一中年人走来说:"你试试!"他扯过单强手里的钱,把小娃拽到身边,说:"你个四六小伙子打小娃,丢不丢人!我瞅这半天了,这娃爹妈在前两年给人装苹果,回来的路上出了车祸,都死啦!你说他爹不花鬼票子,花啥?你就不寻思寻思,好好的娃会拿鬼票子出来花?你贼狗的胆大啦,你不卖他就是了,吵两句也就行了,还要动手?还有,这娃奶半身不遂……"

中年人还在数落着单强。单强听着,感到无地自容,不由想起了自己的过去:他爹过世时他也是八岁,风中草般的他被至亲的妈扔给爷爷后,她就消失了。从此他和爷爷相依为命,学校里的伙伴们笑话他没爹妈,村里头的大人们见了他也指指点点……

单强拔了两串糖葫芦,拿给小娃。小娃踟蹰着往后退,不敢接。单强拽过小娃手,把糖葫芦搁进手里,可小娃的手还是松散着不敢拿。中年人对小娃说,给你就拿着,糖葫芦又不咬手!小娃这才勉强接住。中年人让小娃回去,他三步一回头地离去。中年人掏出钱给单强,他却死活不肯收——觉着没脸收。

之后的日子里,单强时常来这村卖糖葫芦,他希望能见到小娃,看他长高了没,长胖了没,他在潜意识里已把小娃当成了自己的亲人……

太阳下的农民

太原市娄烦县天池店乡南岔村　尤同义

　　雨后的一天,天空一片晴朗,太阳就像个火球,把湿润的地面烤得像蒸笼,上午十一点是热得最难熬的时候,我在家感觉闷热难熬,决定出去找个树荫乘凉去。路旁的树荫里聚集了不少村民,男男女女、老老少少坐在树荫下,男人们光着膀子不停地扇扇子,但还是汗如雨下。小狗伏在树荫下,伸着舌头"呼哧、呼哧"地喘着粗气。杨树的树梢一点也不动,没精打采。杨树上的知了在树上"知了、知了"地叫个不停,声音低沉缓慢,有气无力。

　　没有心情乘凉,决定去田间看看。刚踏上地头,便感觉闷热难耐,正想准备找个地方凉快凉快,却发现离我不远的地方,有一位老伯躬着腰、攥着锄,嚓啦嚓啦地正锄着地,不大一会儿,他的身后杂草断了根,湿润的土地翻了身,可溪流一样的汗水把他的浑身上下湿了个透,衣服上印出了一块块不规则的"地图"来。瘦弱的胳膊让宽大的庄稼叶划得全是殷红的血印,但他并不在意,锄上一会儿便直起腰稍稍休息,用衣襟抹抹脸上如溪流一样的汗水,然后用那双枣树皮一般粗糙的手,轻轻地抚摸着绿茵茵的庄稼,像孩子一般地笑着,全然没发现身后我的存在。我认识他,是我们村子里出了名的种田能人。他有三个子女，已经长大并且工作了。我走上前，笑着打了声招呼："刚下过雨就出来锄地了？天气太热了。"他抬起头，擦了擦汗，"没啥，闲着也是闲着，看看庄稼，安心。"然后继续弯下腰干起活来。

"锄禾日当午，汗滴禾下土。谁知盘中餐，粒粒皆辛苦。"

我觉得对于每一个农村的人来说，都应该对自己生活的土地给予歌颂。我是一个土生土长的农民，对农村满怀深情。我用笔写出对它的赞美，对于它、对于我，同样都是一种深深的安慰。今天写这个故事只是我的一点感触而已，希望看到这篇文章的人们更能够理解农民，关注民生，让更多的农民尽快过上好日子。

秋收忆事

吕梁市临县大禹乡大后沟村 张建梅

久居闹市，秋的魅力似乎都被喧哗遮了去，偶然想起儿时秋收的快乐，真想去看看那个收获季节的小院和田野，去享受那份久违了的温馨！

秋天的田野，满目是丰收的景象，谷子、玉米、红薯、黄豆等庄稼争相露出了笑脸，等待着农民来收割！

秋天的早晨，天还蒙蒙亮呢，就被父亲叫了起来，换一身平时不穿的衣服，跟着父亲行走在弯弯曲曲的山路上，山上的林子里，经常有猫头鹰发出凄厉的叫声，这个时候我总是吓得冒出一头冷汗，紧紧拽住父亲的胳膊！到了地里，穿行在丈把高的糜子和谷秆林里，一手拿着镰刀，一手拿着割下来的谷穗，镰刀不停地挥舞着，用不了一会儿，拿谷穗的手和胳膊就会举得酸酸的，这个时候我就开始偷懒，躲在高高的庄稼林里捉弄地下的蚂蚁，或钻出庄稼林，站在地头对着山谷高声的叫喊，然后听自己的回声在山谷里飘荡，开心极了！父亲为了让我好好干活，便一边不停的收割，一边教我他的拿手绝技打口哨，口哨声在风中悠扬着，伴随着风吹过稻田沙沙的声音，再偶尔传来斑鸠咕咕咕的叫声，可以说那便是大自然最美的旋律了！

　　那个时候最喜欢跟着父亲去拔萝卜了。萝卜不喜欢阳光，一般都种在背阴地里，所以叶子到了秋天依然是绿油油的，一根根粗壮的萝卜根部裸露在外面，只有很少一部分还插在土里，拽着叶子使劲一拔，萝卜就出来了，刚拔出来的萝卜，鲜嫩嫩、水灵灵的，犹如一个初生的婴儿一般招人喜欢。累了，渴了，坐在地头挑一个，用手一抹土，用叶子将皮搓去，然后一口咬下去，那滋味甘甜爽口，乐在其中，让人陶醉不已！拔萝卜的时候大多是大人小孩一起上阵，大人拔，小孩则在后面整理成堆，等到夕阳西下，磕一磕鞋子里的泥土，筐里满载着大大小小的萝卜，满头大汗的走在田间小路上，远处晚归的人们，大声唱着跑调的歌曲，然后这边也随声附和着，一身的疲倦也便随着歌声全部洒落！那情景，是多么的祥和、惬意！

　　秋收期间，我们家的小院里，大门外的场里，便开始变得拥挤，窗台下边晒着一排排成捆的芝麻，院子里横七竖八摆放着刚收割回家的黄豆、谷穗、糜子之类的谷物。黄豆和芝麻都怕裂，所以都是连根拔回家的，等干了再将它捶打脱粒！墙角则是拉着长长丝蔓的豆角零乱地堆放在那里，人们等忙累了休息的时候才将上面的豆角一一采摘下来。大门外边的场里则是一大片一大片已经快要入仓的粮食，随意的摊放着。母亲让我去翻晒的时候，我便拿着耙子在上面顽皮的划来划去，在那上面划出一道道或深或浅不规则的痕迹。抬头偶尔会看见有几只贪吃的鸟儿飞来寻找食物，于是便大声吆喝着将它撵走。到了晚上，农忙的人们，害怕有秋雨来作怪，耽误了秋收，便点着院灯来打场，静静的乡村里，啪、啪、啪的打谷声便热热闹闹的响了起来，好像一曲沉重、凝缓、质朴的古典音乐！

　　打完场，剩下就是将谷粒上的杂质扬出去，我们那里是没有卷扬机的,全靠人工借风力来扬,站在大门外,端一簸箕谷粒,举到头顶高处,待有微风吹来的时候,将其缓缓地向下倾泻,沉重的谷粒照直落到了箩筐里,轻轻的杂皮则随风飘在箩筐外,倘若风止了,扬谷子的人,便擦擦汗、甩甩衣襟、望望天,对着空中婉转的吆喝一声,唔——唔——,想不到一声叫出,还真有风呼呼的刮来了,扬谷子的人便又一次一次的重复着同一个动作,乐此不疲。不时有人从院子里走出,面带丰收的微笑,捧一掬谷粒,掂掂、捻捻、簸簸,然后张开五指,任由它溢彩流光的从指间滑落,享受那种收获的喜悦!

等秋粮收割完毕,极目望去,田野的广袤和空旷给人一种心灵的震撼,"春种一粒粟,秋收万颗子!"这便是养育着华夏儿女的土地! 土地被深耕施肥,等待来年的又一个丰收!

离开老家这么多年,回想起这些秋收的点点滴滴,不由自主的沉醉其中,处于闹市,也不知道现在家乡秋收完没有,不知道今年的收成如何,不知我家小院里的枣树是否如往年一样枣儿压满枝头。好想回去再看看那小院,那山野,重新感受秋收的喜悦,重新拾回儿时的乐趣!

祈 雨

太原市娄烦县天池店乡南岔村　尤同义

　　已是 7 月了，滴雨未下，红日暴晒，云丝不见，今年这地球怎么了？国内各地频频出现反常气象。南疆水涝、西南大旱、阳春三月连飘三场大雪，再加上接二连三的地震，不得不让我们深思。往年这个时候早已进入雨季了，难道一场雨的到来就这么难吗？一场雨的到来，成了每一个南岔人心中最期盼的事情了。太阳天天在清晨升起，傍晚落下，人们的心情变得异常空虚，因为干旱使村民放下手中的锄头，再也无法进行正常的农事了，每天坐在树荫下，杨树都是无精打采地低垂着头。看着明亮的阳光和村民们盼雨的眼神，我似乎听到土地干裂的声音在空气里轻微的呻吟。

　　去冬有雪，今春有雨，可入夏以来，老天一直都没有下过雨，真使人纳闷！七月的骄阳，火辣辣地整天暴晒着大地。土地大口大口地喘着粗气，地里的庄稼都变成焦黄色了，奄奄一息在坚持着。其实，在南岔村农民心里的火要比太阳的温度高多了。村民们眼看着一片片庄稼蔫落焦枯，人们怎不心急火燎呢！无可奈何之中，善良的村民只好宰杀了一头肥猪向老天祈雨，祈求一场及时雨。

　　祈雨的小庙坐落在南岔村西部的"四望"，距村 7.5 公里，海拔

1850米，环境幽雅，地势开阔，周围植被茂盛，院中有一棵千年柳树，给小庙增添了不少神秘的色彩。小庙是用石头砌成的，里面有一小木桌，桌上有一个木制的八棱柱体。历朝历代祈雨的人都来此地祈雨。

每到干旱无雨的时候，村民们就去小庙上祈雨，决定祈雨的头一天，村里选两位有威望的村民先去把小庙打扫得干干净净，第二天要杀一头黑公猪，取猪的五脏，由先前两位村民带上五脏去祈雨。供神的猪肉全村人分摊吃掉，这样预示会给全村人带来风调雨顺的年景。

这几千年沿袭下来的乡土民俗，在南岔村不知道上演了多少次了，祖祖辈辈生活在这里的南岔人，演绎着一段段向天要水的感人故事。我没有参加过，但我为村民祈雨的虔诚感动。听说以前祈雨者都是光着膀子、赤着脚丫上下山，他们行走在深山里不怕刺脚，也不喊苦。祈雨者到达目的地后，首先要安神入庙，然后再跪，打卦问雨。卦为八棱柱体，有三棱分别为当日有雨、三日有雨、出山有雨，其余五棱则为无雨，雨卦概率较低。打出无雨，祈雨者长跪不起，直到打出雨卦才肯散伙。

祈雨究竟有何灵验，我没有去考证，但今天的确是个阴天，而且还下了一会儿小雨。我在心里也默默祈祷：雨水再大点吧，让善良的老百姓扛锄下地、乘墒锄草，人人脸上笑逐颜开！

茭子壳儿和茭子鱼儿

忻州市忻府区董村镇孙村　张来源

有朋友问我忻州(今天的忻府区,下同)有什么好吃的,我说有茭子壳儿。又问,比茭子壳更好吃的是什么,我说,是茭子鱼儿。

忻州人称高粱为茭子,叫高粱窝窝是茭子壳儿,高粱鱼鱼当然是茭子鱼儿了。

忻州这地方非常适宜种茭子。在我的记忆里,上溯到我爷爷的爷爷的时候,地里的铁杆作物也是茭子。受苦人的主要营生是种茭子,主要的食物是茭子面,所以在忻州有关茭子的故事和谚语俯拾即是。

忻州人和茭子有一种难解难分的情结。世世代代的忻州人在那玛瑙色的忻州大地上种茭子、收茭子、烧茭子杆,蒸茭子面、吃茭子饭、喝茭子酒、长着茭子肉、流着茭子血,为茭子生、为茭子死,上演了无数的欢情悲歌和传奇故事。

本人曾在《高粱情结》里说,"在我的眼里,茭子不仅是一种作物、一种食物,更是一种精神食粮、一种生活和文化、一种追求和奋斗、一种挚爱和奉献、一种酸楚和苦涩、一种情操和精神"。而忻州政府也将"忻商"、"摔跤"、"八音会"、"茭子鱼儿"作为忻州精神的载体进行研究和褒扬。当电影《红高粱》红遍全国的时候,一帮所谓的忻州文人鸦雀无声,无不汗颜。因为他们愧对忻州,不是忻州的高粱比不了高密的高粱,实在是忻州的文人没有莫言那样的才华和灵性,可惜了忻州那么好的土地、那么好的莜子、那么好的人和那么好的故事。

忻州人会种莜子,更会吃莜子。他们把莜子面做成面条、饦饦、河捞,还会摊胡儿、吊煎锅、包饺子。最家常的是蒸莜壳儿,最上档次的是搓鱼儿了。

在以前,种莜子的忻州人却不能饱饱地吃上莜子壳儿和莜子鱼儿。直到改革开放以后才能够享受到莜子鱼儿的美味。可是饱饱地享受了几年,狠狠地享受了几年莜子鱼儿的美味后,人们又发现莜子面原来并不是最好吃的东西,慢慢地就不怎么种莜子也不怎么吃莜子了,有的人甚至庆幸终于摆脱那个叫莜子的家伙了。

再过几年后,大家又吃腻了白面,想起了莜子壳儿和莜子鱼儿的种种好处,宾馆饭店也把它作为地方特色隆重推出,用来招待远来的宾客。就是在农村,莜子鱼儿也成了稀罕食品,吃一顿莜子鱼儿就和改善生活似的。

于是乎,就有不少思乡的忻州男女把莜子面带到天南海北去捏壳壳儿搓鱼儿,但是捏来搓去,就是没有忻州那个味,于是就埋怨天南地北的水土不好,更加思念家乡。男人们会想起莜子地里的嬉戏、歌唱、劳作;女人们会想起过往的种种艰辛、愁苦、期盼、舒心。

也有很多外地的朋友不喜欢莜子鱼儿,我问其在哪里吃过?皆曰宾馆饭店。其实宾馆饭店的莜子鱼儿代表不了忻州莜子鱼儿的真正水平,只能算是准莜子鱼儿甚至是伪莜子鱼儿。

要吃上好的莜子鱼儿还得到农家去吃。忻州女人和好莜子面，揪上十个小面团，摆在案上，双手开弓，十指叉开，搓来搓去，十条莜子鱼儿就像十条真鱼儿一样，在案板上欢蹦乱跳，摆来摆去。烧开锅后，莜子鱼儿的香味扑鼻而来，待到蒸熟，那鱼儿真是白丝丝、绵丝丝、精丝丝、细丝丝，长丝丝、香丝丝。当然，就这样吃未免有糟蹋莜子鱼儿之嫌，最地道的吃法，那就是用羊肉汤或者羊杂碎泡莜子鱼儿吃，那个香那个美，简直无法用语言形容。

诚然，吃莜子鱼儿就是吃感情、吃风土、吃文化，不同的人会吃出不同的感觉来。一碗莜子鱼儿下肚，老人们会吃出沧桑，中年人会吃出责任，年轻人会吃出喜爱，远来的人会吃出风味，记住忻州。

所以如果你问我忻州有什么好吃的，我会说莜子壳儿。再问还有什么比莜子壳更好吃，我说是莜子鱼儿。

东闫人的茶瘾

临汾市曲沃县北董乡东闫村　谢红广

　　东闫村的人原来喝的是红砖茶,大板的块,每块两斤,可以说每户都要买一块,喝完了就买。

　　喝茶是从睁开眼睛喝到睡觉。因为,在冬天的时候有的男人在被窝里就要让老婆泡茶,喝好茶后才起床,每顿饭后还要喝茶,尤其是晚饭后,几个人聚在一起才正儿八经地喝茶,一直喝到睡觉。

　　亲戚朋友来了先给你泡茶,喝一碗给你倒一碗,你只要不把茶根儿倒掉,主人就一直给你倒茶。所以,有些不懂东闫人喝茶规矩的初客,不知道喝好后要倒掉茶根儿,在主人的盛情劝茶下就喝醉了。

　　在东闫村下过乡的干部,和东闫有亲戚的人都染上了喝茶的习惯。他们也都知道去了东闫村,东闫人会先给泡茶,饭吃不好可以,但茶喝不好可不行,东闫人会说你招待得不热情。

　　东闫人喜欢喝浓度高的茶,有时候嫌茶壶泡出的茶浓度不够,就用铁壶在炉火上熬茶,熬出的茶就像黑豆水一样,浓黑苦涩,但是东闫人说喝着过瘾。

　　东闫人都爱喝茶。不论男女老少都是这样,所以在红白之事上,总得有两个人专门负责烧茶水,还得买四斤茶叶,茶水得烧五大锅。

喝茶也能喝醉了,醉茶的感觉是肚子难受,嘴唇发白,脸部发木,浑身无力,这时只要赶快吃上一点饭就过去了。

现在村里人喝茶只是把茶叶名称换了,喝茶的兴趣依然没减。砖茶不多喝了,换成了袋袋花茶,当然也是挑选高号的(茶叶通常分为1号、2号、3号等,号越高,浓度越大),喝茶也讲究了,夏天喝些花茶,秋天喝些龙井,冬天喝些铁观音。

东闫人说,茶喝好了干活才有劲。

朋友们,到东闫来领略喝茶的功夫吧!

打 枣

吕梁市临县大禹乡大后沟村 张建梅

"八月十五枣儿红,红不及了连夜红。枣子到了这个季节,红的真快!"每逢八月,爷爷就盯着那满树红绿相间的枣儿,笑眯眯地自言自语。

我们这里的农村,家家户户最不缺的就是枣树。毕竟枣树好活,栽种后就不用再管,不管大小,栽种当年就多多少少开始挂果,到了秋天,只管去打枣了。只要有一点空地,大家就刨个坑栽棵枣树。站在山上一眼望下去,村里的那些窑洞,无不被那些大大小小的枣树包围着。

中秋节前后,枣树那细长的枝条就被枣儿压得弯弯的。发亮的枣儿如同一个个红色的小灯笼,掩映在绿叶间,一簇簇,一团团,娇滴滴,让人看着就不由自主的咂吧咂吧嘴唇,口水直流。

"该打枣去了,我看枣儿也红透了!"终于等到爷爷命令,允许大家下去打枣了,全家老幼立刻倾巢出动。父亲拿了一个细长的枣竿,准备好装枣儿的麻袋,我和妈妈则把家里箩筐、簸箕、竹篮子以及盆盆罐罐腾出来,准备装枣儿。枣树是祖祖辈辈传下来的高龄枣树,个头高大,站在地面,根本够不着最高的枝头上的枣儿。父亲和哥哥三下两下就爬上了树,站在结实的树杈上,先是手握树枝一阵猛摇,那些熟透了的枣儿就噼哩啪啦掉在地上。我总是第一个迫不及待的去捡,先捡一个最大的,嘎嘣咬一口,又甜又脆,香在嘴里,甜在心中。

剩下长得比较牢固的枣儿,我们就用长长的打枣竿敲击树枝。枣竿挥动,啪啪啪几声响过,枣儿就伴着落叶洒落下来,有的砸在头上,有的砸在手上,有的掉在地上,如同一个个调皮的孩童,蹦蹦跳跳到旁边的蒿林里去了。被枣儿砸着的人,兴奋的一声大叫,然后笑哈哈跑开,再换个砸不到的地方,一边不停地嚼着枣儿,一边不停地捡。

这个时候,我赶紧捡两个"树绵绵"枣给爷爷解馋。所谓"树绵绵",是枣儿在树上熟透后,水汽蒸发掉了,枣儿就变得发软了,绵绵的。爷爷没牙,吃这个正好。我把一个"树绵绵"枣儿掰成两半,里面还拉着细细的金丝,然后往爷爷嘴里一塞,于是,爷爷那没牙的嘴里只剩下甜蜜了。

一阵噼哩啪啦的打枣后,枣林中就是一层叶子一层枣了,远远看去,就像一层美丽的地毯。村里人看到谁家打枣忙不过来,就主动跑来帮着捡枣儿,大人一边唠着嗑,小孩一边嬉闹着,偶尔谁要是捡到一个双头枣,就会爆发出一声惊呼,因为我们这里有个说法,捡到双头枣的人有福气!

枣子打完了,家家户户挑一些优质枣儿,用酒酿制放在坛子里,再把坛子和盖子中间的缝用泥糊了,等到过年,香醇的酒枣就成为正月里招待客人的上等食物了。

我家院子里的小枣树,母亲总是不舍得把枣子全部打完,总要留一些在上面。等到深秋的时候,我放学回家,摇摇枣树就会掉几个下来给我解馋，深秋时候的枣儿，吃着又是另外一番滋味。

　　如今的枣树，已经不再是当年的老枣树了，很多都是嫁接的新品。枣树不大，但是结的枣儿却密密麻麻的，打枣也不像当年那么费力气了。嫁接了的枣儿，比当年的枣儿更甜了。只是，身处闹市多年，很久没有回去体验打枣的那种乐趣了。回忆村里打枣的日子，心里陡然升起丝丝甜蜜！

村里唱戏哩

忻州市忻府区董村镇孙村　张来源

一

七月初一是我村的古会,逢着古会就要唱戏。为什么要在七月初一唱,咱不知道,但应该有祭神的意思,也有农闲让大家娱乐放松的意思。

可以肯定的是,这个传统一直传到"四清"运动前。那年的戏台子塌了,一塌就是三十多年。到1997年,村里重修了龙王庙,戏又唱起来了。

1997年的戏是恢复古会的第一场戏,人们热情高、出钱多,而且是大剧团名演员,戏园子里人山人海,红火极了。从此,小商小贩和十里八乡的人都记住了:七月初一去孙村看戏。

唱戏就是唱钱。

很早以前,看戏是要花钱的。村干部卖票,年轻人把门收票。不论本村的还是外村的一律凭票入场——那是指老百姓。因为上级领导有村里送票,方方面面的有头脸的人来看戏,不论带着老婆还是亲人都由村干部负责送入戏场。当然村干部的三亲六故也有票。没有票的年轻人往里闯就打架,孩子们是爬墙进去。只有等戏快完时才不把门了,所有的人都可以敞门入场看"杵戏"了。

村里最后一场戏,是"四清"运动前的七月初一,请的是著名艺人"小电灯"。"小电灯"叫贾桂林,是新中国建立前后北路梆子大红大紫的名角。她的七十二个"嗨嗨嗨"响彻山西北部及内蒙一带,戏价自然昂贵。那年,一边下雨一边唱戏,天公不作美,票价打手,戏场基本没人看戏。村干部箍住社员们买票,结果还是没卖够戏钱。戏唱赔了,给不了剧团戏钱,剧团就年年来拉白菜拉萝卜顶账,一直拉至"四清"开始。

古会一塌就是三十多年。

新中国建立后的票钱是几分,后来是几毛。到改革开放前,只向外村人要票,本村人就可以白看了。再后来就统统不要票了。

这几年村里没钱了,什么也不管了。村民自发组织,个人赞助,戏还是一直唱着。

主办唱戏的人换了一茬又一茬。因为这里边有政治和经济问题。张罗唱戏的有当政的、有想问政的、有夸富的、有称霸的,总之是想出人头地的人。

二

过去人们是多么爱戏呀!

远的不说,"文革"期间,村里组织宣传队唱样板戏,大家看得很认真。大多数人还会唱"临行喝妈一碗酒",也会唱"参谋长休要谬夸奖"。后来允许唱古装戏了,几场《逼上梁山》、《宝莲灯》下来,人多得几乎把戏场撑烂,把人踩死。再后来宋转转来了、张鸣琴来了,人们怕看不上,就早早地拿上小板凳去等,或者派小孩子去占座位。本村的、外村的把戏场坐得满满的。

那时戏迷多,识戏的人也多。有人唱、有人看、还有人讲。人们在戏里陶醉,在戏里欢笑,在戏里掉泪。戏完了,人不散。戏走了,学着唱。那个痴迷、那个热爱,根本不亚于现在的粉丝,简直成粉条了。

但是现在不行了。

现在,年轻人追的是歌星、影星、小品星,唱的是狂野吼叫喘气,看的是小三激情床戏,想的是大款帅哥美女,谁看你那傻瓜梁山伯和祝英台,谁欣赏那犹抱琵琶半遮面,谁喜欢你那没完没了的"嗨嗨嗨"。

只有一些中老年人还想着看戏,但是也在电视里看惯了名角大腕儿,已经看不上那草台班了。

戏剧,怨不得观众。

文化生活贫乏,戏剧一枝独秀的时代过去了。

汤显祖、关汉卿、梅兰芳、丁果仙在世,恐怕也难挽狂澜于既倒了。

戏剧已经经不起电影、电视剧、互联网、流行歌曲、小品和一个个作秀节目的冲击,它已经表现出太多的沧桑和老迈、无奈和困惑。

几百年不变的文化内容和艺术形式,已经远远不能满足今人的文化需求。

程式化,慢节奏的唱、念、做、打已经很难叫人坐下来了。

帝王将相、才子佳人、牛鬼蛇神、因果报应离现实生活太过遥远了。

文化的多元、艺术的繁杂、科技的进步、节奏的加速、趣味的多样等等,戏剧"老大"的地位已不复存在。

晋剧如此,国粹京剧也如此,众多的地方戏无不如此。

古老的戏剧艺术你还能走多远? 莫非傩戏和皮影的今天就是你的明天?

果真如此,谁来替代这个中国文化的重要载体?

多少年后,谁来当农村庙会的文化主体?

也许可以走"春晚"或者"心连心"那样的路子,但我可惜的是戏剧。

戏剧,你真没救了吗?

三

赶会的人不少。

男的女的,老的小的,本村的外乡的,成群的结队的,有钱的没钱的,开车的走步的,乘凉的闲转的,时髦的土气的,有看红火凑热闹的,有走亲戚会朋友的,有搞对象的,有会情人的,有吃喝玩乐的,有买东西的,有逛市场的,有想花钱的,有想赚钱的,也有打架的、盗窃的、赌博的、偷情的。呵呵,也有什么都不干的。

做买卖的摊子摆了有二里长。卖衣服的,卖五金的,卖家电的,卖小吃的,卖瓜菜的,卖农具的,卖摩托的,卖汽车的,卖图书的,卖花的,卖鱼的,打彩的,算命的,看病的,卖药的,临时饭店,临时游乐场,临时动物园,呵呵,太多太多了。

古庙会如此红火热闹,人们自得其乐。大戏一完鸟兽散,看似个个空手而去,实则人人满载而归。

由此,我想到了互联网,想到了QQ。网络不就是更大的戏场吗,不是什么都有吗,不是什么都可以做吗,不是可以满足大家心理上、精神上、感情上、感官上、衣兜里的需求吗?

不是自由宽松,各得其所吗?

戏场是平台,网络也是平台,就看你想什么,干什么,怎么干了。

赶会如此,上网也如此。

春耕季节思变迁

太原市娄烦县天池店乡南岔村　尤同义

　　前段时间,一场春雨应着时节飘然而至。没几天,整个北方都崭新崭新的,仿佛是刚诞生出来的。这喷涌着绿色的农村,让人的呼吸都感到特别顺畅,春意,便在这花雨中更浓了几分。

　　然而,我今天却不想过多地赞美春耕的美景。在我看来,一头牲畜、一架木犁、一把长鞭的农耕生产,不知道还能走多远?传统农业的落后时刻萦绕在我的心头,循规蹈矩的落后生产状态让我很迷茫。春从柳上归,农村人的锄头、犁耙一次次拿起又放下。庄稼长势良好,弓起的腰背上写满喜悦。前一段时间天大旱,村民们古铜色的脸上便布满愁容,土地是他们的生存之基。

　　作为村干部,我想过创新,包括我以身作则去引领,但我的力量太微薄了。农村落后,归根结底是人的落后。尤其是在我们村,地理位置虽不算与世隔绝,但经济发展却不温不火地缓慢走着。农民们年复一年、墨守成规地春种秋收,一块榨不出几两油的黄土地,加上几乎年年都是前旱后涝的尴尬,风调雨顺的好年景很少。大自然的无情,并没有把我们唤醒。今年,按照县里的总体部署、乡的统一规划,我们一再争取,最后决定在我村推行农业转型,实施架豆角连片种植,改种粮为种菜。但我的工作做得异常艰难,倒不是因为工作的不顺使我烦心,真正让我感到困惑的,是我们的农民该如何彻底摆脱窘迫的生存环境。

朝代更替数千年。如今我们村大多数的村民,依然是面朝黄土背朝天,躬耕于田亩之中。旱天一身土,雨天一身泥,沿袭几千年的传统生产方式依然没有得到根本性的改观。难道我们还要让子孙后代像先辈一样吗?这种落后的面貌,除了客观上的一些原因之外,还有就是千百年来农民不用发展的眼光看问题。一朝丰衣足食,大家就满足于现状,不再想要进步。

长此以往,就是再过上千年恐怕也不可能有所改变。要想彻底地改变这种面貌,摆脱贫穷落后的境遇,只有提高人口素质、积极努力地培养各种人才,这样农村面貌才能有大幅度地改变。今天,我的愿望是让我们农村借助信息化这个无限沟通的平台,让生产方式产生质的飞跃,进而改变传统的生活方式,引进智慧、思想、科技和资金,用先进代替落后,推动现代农业更好更快发展。

美食"油盐窝窝"

——由张来源掌门的美文《荙子壳儿和荙子鱼儿》想到的

忻州市忻府区曹张乡北曹张村　贺斌杰

　　来源兄在他的博客美文《荙子壳儿和荙子鱼儿》当中将忻州人过去常吃的家常便饭描述得淋漓尽致、活灵活现，使我情不自禁地回忆起了儿时的"油盐窝窝"。

　　"油盐窝窝"其实就是荙子壳儿的一种吃法，可能1975年以前出生的人们会有所记忆。在那个经济落后、物资匮乏的年代，放学抑或玩耍归来能吃上一个"油盐窝窝"，那简直是莫大的"造化"。我之所以说是"放学抑或玩耍归来"，是因为这种吃法是当时儿童的"专利"，成人是根本不允许享受的。吃完之后，舔唇吸指意犹未尽，再要享受，可就要受家人的呵斥了。说了这么多，也吊足了您的胃口，现在就将这个几近"失传"的吃法传授于你，有机会你也体会一下到底是香不香、美不美？

　　首先将荙子壳儿口口儿朝上，托于掌心之中，然后找出大人们藏于瓮间的麻油瓶，在荙子壳儿的里面滴几滴（不能太多，要不吃完会流于手心,那可是极大的"犯罪"),再在里边捏一小撮碎盐,然后就大功告成,可以吃了。吃法呢,也比较独特,用另一只空手将荽子壳儿撕一小块儿,在中间的油盐当中蘸一蘸,放入口中,好家伙,那味道……直至撕完窝窝,蘸尽油盐。当然如果条件允许,再在油盐当中加一撮碾碎的熟芝麻,吃起来那味道就更……让你辨别不清是麻油香? 还是芝麻香? 还是……

　　将记忆中儿时的美食与大家"炫耀"了一番,那种滋味因本人愚钝,无法用文字表达清楚,但至今还感觉到唇齿留香。不信,你就亲自试一试!

粮食和生命一样重要

忻州市定襄县宏道镇北街村　　韩　彬

正值中午，气温高达 37 度，气象台也发出了高温预警。在一条被太阳晒得发白的水泥路的拐弯处，一个中年人蹲在发烫的马路上，两只手不停地、迅速地、一粒一粒地捡着地上撒落的玉米。白色的衬衫湿透了，紧紧地贴在了后背上。在他的前面，停着一辆很旧的小农用三轮车。

正好在拐弯处，玉米撒了不长的一溜，和路面上的石子混在了一起，大约十几斤的样子。路上不时有车，情况很是危险。我慢慢地把车停在路边，在他的身后放了一个空纸箱示警。他抬起头看了看，没做声，笑了笑，继续捡。

十几斤玉米充其量能卖十几元。烈日当头、马路发烫、弯路危险，值吗？

不是这个人不懂得危险，不是这个人不惧骄阳。

因为对农民来说，粮食就是他的生命。

雷声隆隆不下雨

忻州市定襄县宏道镇北街村　韩　彬

昨天晚上 11 点左右，五台县王艳丽掌门在村网群里说她要下线了，因为她那里有了雷声。我点击腾讯天气预报，连日晴天。走到院子里，看见星星满天，没有下雨的迹象。但我还是收拾了院子里晾着的衣物，因为我们和五台离得很近。

果然，没过几分钟，一个闪电划过漆黑的夜空，接着就是雷声隆隆。我立即关了电脑，拔掉了插座。躺在床上，看着窗外越来越低的闪电，听着窗外越来越震耳的雷声，我心里一阵欣喜，大雨要来了，这可美了地里的庄稼。今年真的是太旱了，一锹下去，没了湿土。好久没有浇灌的玉米像被镰刀割了根子一样，奄奄一息。还有比我们这里更旱的地方——离我们这里不远的同川，那里全是土坡地，有些庄稼已是接近颗粒无收了……

一个仿佛掉到了院里的闪电，照亮了夜空。一声震得窗户发抖的雷声过后，接着就是"唰唰"的大雨声。我可以舒心的睡个好觉了。

一觉醒来，走出院子，咦？水泥晾台上连点湿气也没有，阳光依旧照射在院子里……

　　大街上两个中年妇女嘀咕：老天忽悠人，天气预报也坑农。前几天预报全省有雨，天气也确实阴沉沉的，还掉了雨点。着急地买了200斤尿素，追到了地里。唉！如果再不下雨，化肥也白扔了！

　　雷声隆隆不下雨，让这些靠天吃饭的农民是干着急没办法呀！

五月的乡村

朔州市应县金城镇龙泉村　　刘建银

　　五月的乡村,是梦一样美丽的地方。

　　五月的乡村,静静地飘逸在幻化的梦中。晚霞和炊烟撑起了宽阔的帷幕,禾香与恬静混合了一个襁褓,把暮归的牛羊、荷锄牵牛回家的农民通通的包裹在大地母亲的怀中。麻雀在树上集会,吱吱咋咋的吵闹着;饭菜的香气荡漾在古老的石板街上,呼儿唤夫的声音悠扬在屋后大树的喜鹊窝旁。

　　村子被密匝匝的树木包围着。天际的火烧云铺陈得无边无际,翘翘的屋脊上的瓦当剪影在红彤彤的背景里。

　　沧桑的老柳树,默默地述说着久远的过去,直溜溜的钻天杨调戏低浮的云,旮旯里几株老杏树,也灿烂出满树的果实,黄澄澄地勾引着娃娃们馋猫一样的眼神。细纤纤的和风拉着满街的绿荫在斑驳的泥墙上顽皮地荡秋千,金灿灿的晚霞把整个村庄点染得金碧辉煌。

　　院子里,葡萄架下,葫芦架旁的原木饭桌,早已辨别不出是什么年代的家什,或者是什么颜色,只是黑黝黝地泛着古朴的光泽。黄灿灿的小米稠粥盛在红褐色的瓦盆里,微微地冒着香喷喷的热气。4个盘子里,次序井然地摆放着凉拌的细条暴腌菜瓜、粉绿相间的水萝卜丝、白里透红的辣椒炒豆腐和晶莹碧透的腌蔓菁丝。主妇们在等男人回家的当儿,早在旺旺的、红红的炭火上,用勺头子舀上小半钵胡麻油,当油熟到吱吱冒烟的时候,猛然放上一小撮辣椒面,一刹那,吱拉一声响,胡麻油的和辣椒呛人的特殊香气,彼此混合并顽皮地在充满生机的农家小院弥撒,那勾人的香气给劳动回来的男人无尽的温馨。

女人做好了晚饭,眼巴巴地等着自己的男人回家吃饭。小儿子光屁股在地上玩草棍。

这是一个美丽的农村妇女。忘了她叫什么名字,或许偏僻乡村的女人一辈子都没有自己的名字。但是,即便没有名字这个符号,也丝毫没有影响她原生态的健康美丽。

大概是因为忙得热了,她的额头沁出了汗,黑油油的头发粘在耳际。黑黑的、弯弯的眉毛下,葡萄一样的黑眼珠,散射的是善良青春的光芒。微翘的嘴唇抿着,没有涂抹口红,那自然的颜色泛的是神秘的光泽。那鼓鼓的胸脯、壮壮的腰身,鼓得完美,壮得美奂,谁见了都不会有什么邪念,谁都不想亵渎天地间的美神。

男人回来了,妇人赶紧把手在碎花围裙上擦擦,快步迎上男人,微笑着接过牛缰绳,把牛拴了。眼神亲亲的,声音柔柔地:"他爹,先洗洗吧。"一大盆水早就放到屋檐下的凉台上,整整晒了一个下午,那水热乎乎的。女人拿了毛巾、香皂,"他爹,来,俺给你搓搓背吧。"

男人坐在马扎上,微微闭了眼,很放松的嘘了一口气,享受老婆轻轻地抚摸。小儿子不知道什么时间已经爬在了爹的膝上,两只小光脚丫子一荡一荡的。

洗好了,一家 3 口围在了饭桌上。

女人盛了饭给孩子,给男人,给自己。

可是女人并没有着急吃,而是静静地看着男人狼吞虎咽地吃东西,自己也随着男人的嚼咽,嘴一张一翕的,好像是她自己在吃饭。男人抬起头来,用眼神问道:"你为什么不吃?"女人笑笑,悠悠地端起了饭碗,可眼睛还是没离男人的嘴。

突然"当啷"一声,孩子把饭碗掉地上打破了,女人把手举了老高要打孩子。可是,始终没放下来。最后终于在孩子的背上轻轻一拍,细声细气地说:"咋吃饭哩?"孩子做了个鬼脸。

女人收拾完掉在地上的破碗,重新拿碗盛饭,男人已经吃饱了。

男人刚刚直了腰,女人已经把香烟和火柴拿来了递给男人。男人点着烟,享受着烟的香味。

夜幕降临了。

男人,女人,娃娃,看电视了。

五月乡村的夜晚就这样开始了。

五月的乡村,是梦一样美丽的村庄。

五月的乡村,是饭桌上菜香谱写的五线谱,是农妇们围裙上的蓝底碎花,是屋檐下晒了一天的水,是葡萄架下无声的歌。

五月的乡村,是静静流淌的河。

五月的乡村,是大爱无声的小夜曲。

五月的乡村,是温煦小家的纯洁氛围。

五月的乡村,是忘记疲劳的农民的厚土。

五月的乡村,是延续了千年的古老文明。

五月的乡村,是净化心灵的圣地。

五月的乡村,美丽了眼睛,美丽了心灵。

大爱无疆

战风雪

大同市天镇县新平堡镇新平村　王瑞　摄

阳曲希望小学的快乐日子

太原市阳曲县　杨彦奇　摄

今年收成不错

我爱我村网特约摄影师　梁　铭　摄

移动人雪灾送温暖

阳泉市平定县娘子关镇旧关村　王保柱　摄

晋中市左权县寒王乡寒王村　马凤鸣　摄

追忆我的"太原阿姨"

忻州市忻府区曹张乡北曹张村　贺斌杰

　　我的"太原阿姨"如果能将生命坚持到现在就七十有四了。"太原阿姨"不是亲的,跟梁晓声的亲情小说《黑纽扣》中的"小姨"身世差不多,只不过我的姨不是我母亲"捡"的,而是我姥姥收养的。为了区别于我的亲姨,又因为她后来生活在太原,所以给她的前面加了定语"太原",叫"太原阿姨"。其实这也就是与第三人交谈时的称谓而已,生活中我们还是直呼"姨"的。

　　上世纪的四十年代,战乱不堪,民不聊生。我姥爷的一个远房哥哥进城谋生,在火车站遇到了逃荒的盲流,于是捡到了一个大约六七岁的小女孩(据我的姥姥讲大概是娄烦人),为的是给他儿子做童养媳,这就是我的"太原阿姨"。

　　我的"太原阿姨"在一兄一弟的家庭中逐渐长大,而且也明白了自己在这个家庭里的角色。她的养父对她很好,百般溺爱,但好景不长,不几年她的养父去世了。由于养父在世时的娇惯,她养成了"上树掏鸟,下河捉鱼"的男孩子性格,且桀骜不驯。因为她不愿意承认在这个家庭中的既定角色,所以受到了养母和兄弟的挤兑,后来我的姥姥和她的姑姑领养了她。她的姑姑因为嫁了一个"逛

· 65 ·

汉",所以久住娘家,与我的姥姥同住一个院子,我的姥姥对她更是视如己出,缝补浆洗样样周全。她呢,对我的亲姨、我的母亲、我的舅舅也胜似亲手足。转眼到了该论婚嫁的年龄,为了躲避那个既定角色,为了寻找属于自己的幸福,她不得已只好只身外出。在寻寻觅觅中终于在太原找到了她自己的归宿。在以后的日子里又同所有的母亲一样,养育了自己的儿女——我的三个表姐和一个表哥。

到了上世纪的七十年代中期,她的子女逐个长大,生活也日渐好转。她虽只身在外,但终究没有忘记我姥姥对她的养育之恩。在以后的二十多年中,直到我的姥姥和姥爷1994年去世,每年都数次从太原回农村老家看望他们。由于那时还是计划经济时代,农村的白面很少,她每次回家都肩扛一袋25公斤的面粉。而我的姥姥也同样每一次都尽其所能地招待这个女儿。

我呢,是她所有外甥和侄子当中最大的男孩儿,所以她对我的亲情胜过其他人,每一次回乡都会给我带好多好吃的。长大上学后,我总是盼望着放假,因为假期可以去太原看我亲爱的"太原阿姨",而且由于她和姨父、哥哥、姐姐对我特别好,所以我一住就是好多天,跟比我大一岁的哥哥玩的不亦乐乎,以至于我中学毕业那一年在她家住了40天,我母亲想我想得都病了。就是这样看似平常的点点滴滴,使本没有血缘关系的几代人演绎了一段段血浓于水的情感故事。

2004年农历2月的一天,我的哥哥打来电话,说我的"太原阿姨"病了,是肝癌。我立刻周身发麻,怎么也不肯相信我那性情开朗、能说会道的"太原阿姨"会得不治之症,但事实毕竟是事实。第二天,我母亲他们姐弟三个一大早就驱车来太原,去看望他们共同的姐姐。我考虑到真实的病情我的"太原阿姨"还未知晓,同去怕暴露,就没有一起去,准备隔一段时间再去。谁知这多余的"一虑"使我抱憾终身,50天后她老人家终究没有抗争过病魔,与世长辞了,我没能看她老人家最后一眼。在她老人家出殡的时候我又没有去送行,因为没有见她最后一面我问心有愧,不敢面对我的哥哥姐姐。这件事我对自己一直耿耿于怀。多年后,我去看望我那年已八旬的姨父,见到了久未谋面的哥姐,酒席宴后我尽情地释放着自己的泪水,哭诉着我那多余的"一虑",久压心头的憾事才得到些许释怀。

今天我不知是何原因又想起此事。作此文,权作对我"太原阿姨"的追忆,愿她老人家九泉有知。

祝愿在天国的、我的"太原阿姨"天天快乐!

父亲不让我们当"睁眼瞎"

太原市娄烦县天池店乡窑儿上村　阎永生

将近而立之年,我喜欢在一个人的时候,想想身边的人和事,想想我的父亲。

我的父亲叫阎代栓,是太原市娄烦县窑儿上村一名了不起的农民。父亲已奔耳顺之年,矮个、稍瘦,蓬乱且泛黄的头发中夹着根根银丝。父亲一岁时爷爷就去世了,没有兄弟姐妹,奶奶把他抚养大。十四岁那年,奶奶无力供他上学,只好辍学,下地里干活,家里的生计全靠他一个人。后来,父亲跟着石匠、木匠干活,师傅觉得他聪明,怕他手艺学好了抢自己的饭碗,便不让他当徒弟了。父亲凭着自己的悟性,慢慢学会了手艺。我家现在还住着的窑洞,就是父亲一手设计、亲自张罗盖起来的。

父亲很有经营头脑。30多岁时,他筹钱在我们村开了第一家小卖部,却也饱受睁眼瞎的折磨。一次,他去进货的时候,老板让他打个条子,他因为不会写几个字,到处找人帮忙,可没有一个人愿意帮他。回到家,他对我的母亲讲了事情的经过,最后硬梆梆地说了一句:"我一定要供我的几个孩子上完学!"父亲深切地体会到,以后的人,即使在村里生活也不能当睁眼瞎,只有靠知识才能吃饱饭,因此他拼命挣钱,供我和两位姐姐上学。在村里,我们家也是唯一一家孩子全部上完学的家庭。他要让我们走出这块贫瘠的土地,让我们飞。

我知道,父亲的心很高,很高。

在我不懂事的岁月里,不知怎么总爱和父亲吵嘴。我是一个犟脾气,讨厌父亲在我忙于学习的时候安排一些农活给我,讨厌父亲每学期放假要我把整册书背一遍。每每对父亲的不满时,我总会找出一系列极富伤害的言语刺激他。现在父亲年纪大了,这些记忆像一把刀一样,刺入我的骨髓。是的,对父亲,我有一辈子都还不了的情。

每次我看到父亲的指甲,总催他该剪了。在他的指甲里,深深地渗进了黑黑的泥土。父亲开玩笑说:"这辈子都离不了泥土了。"这些泥土,实实地挤压在父亲的指甲里,渗进父亲的指甲肉里,那种痛,一直疼到我的心里,生疼。父亲的手,在多少个风风雨雨里,与泥土接触,正是他一把一把生疼的接触,把我从小学一直供养到大学。我庆幸自己生了一双和父亲一样短而厚实的手,它让我感到力量,感到踏实。

记忆中,1995-1998年间是我家最困难的时候。父亲因为干活太累,腰开始疼,去医院检查,结果是腰肌劳损,给我家本来就不宽裕的生活笼罩上一层阴影。父亲一个人到处求医,大医院小医院都去了,到处找偏方,但不见效果。不得已,母亲撑起了整个家庭,她不仅要维持生活,还要照顾父亲,当学校收钱的时候,我们都不敢回去说,只能去借。我二姐那时候已经考上师范学校,4个月花费200元,有人提出让我二姐辍学,父亲说:"等我实在借不出来的时候再说吧。"有时候家里一毛钱都没有,全靠亲戚朋友接济,后来——也许是上天也被父亲这样的毅力和精神所感动了吧——父亲的病好了，妈妈的眼睛也好了，姐姐也毕业了，一家人的生活逐渐好转起来。

为了我们，父亲一如既往地起早贪黑干活。我们劝父亲少干点，他总是说："再过几年，想干也干不动了。"

在我的记忆里，父亲总是家里吃得最少、干活最多的一个。有人说父亲是一生的劳碌命，过年过节也总是停不下来。父亲总说，田里的活是干不完的。我知道，父亲的肩上很沉，很沉。

父亲很自信，对未来总抱有无限的憧憬。他爱和别人说，最起码我的孩子不要像我一样天天面朝黄土背朝天。他的话语中透露着内心强烈的自豪感，那是一种将结果定格了的期待。就是这种期待，让我和姐姐只能前进，只能努力，只能拼搏。

闲谈时，父亲对我们说："你们工作可得用劲了啊，别让我在外面显摆半天，最后啥也没有，让人笑话我。"沉甸甸的几句老土话，压得气氛特别沉闷，一时间，家里悄无声息。我们几个孩子没有接父亲的话茬，心里却暗暗使劲。

写给我的母亲

忻州市忻府区曹张乡北曹张村　贺斌杰

　　傍晚的时候,妻子对儿子说:"儿子,你今天应该祝妈妈节日快乐。"这句话使我突然想起了今天是母亲节。对于儿子来讲,母亲的这句话让他很茫然;而对于我来讲,却唤醒了近40年对母亲的情感依恋。

　　多年来,一直想为母亲写点儿什么,无奈文化和写作功底的粗浅,唯恐词不达意而亵渎了神圣的母爱,所以迟迟未敢动笔。

　　懂事后,我坚决地认为,我的母亲是天底下最伟大的母亲,我享受了最伟大的母爱!

　　1982年仲春的一天,我们突然接到父亲因公殉职的噩耗。母亲的脸因极度悲伤和强忍泪水而扭曲,她坚强地拉起10岁的我坐上了前来接我们的吉普车,就这样母亲强忍悲痛料理了父亲的后事。按当时的国家政策,不久后母亲顶替了父亲的工作,由一名普通的家庭妇女变成了工人。其实母亲是"老三届"的高中生,文化不低,只是因为姥姥和姥爷"女子无才便是德"的落后思想和自己不喜欢教书而没有参加工作。

　　父亲去世后,母亲一个人承担起了抚养儿女和赡养爷爷的重任。也是从那一刻起,母亲跟我们开始了相依为命、不离不弃的生活。现在的 80 后、90 后无论如何也想象不到 18.5 元的工资一个四口之家是怎么生活的。

那个年代,商品粮只有城市户口供应,因我和妹妹的户口还在农村,口粮只有母亲的 30 斤左右。母亲只好借来别人家的粮本买一些城市人不屑吃的"七五"粉来勉强度日,副食就更是奢侈品了,蔬菜也是全年一样——土豆、白菜。至于衣着,我和妹妹只有在每年过年时才能换一件新衣,而母亲则是数年不添一件。无论生活多么艰辛,母亲始终放心不下农村生活的爷爷。每到星期六,不论我和妹妹下学多晚,母亲也会用父亲留下的二八加重自行车驮着我们兄妹俩回家看爷爷。周末就是为爷爷的自留地干农活和给爷爷洗衣拆被,直到日落西山,母亲再疲惫不堪地驮着我们兄妹俩回城。每年的中秋节和春节就更不要说了,母亲总是准备得满满当当回家和爷爷过节。这样的生活一直到 1994 年爷爷去世。这期间也有好多好心人劝母亲再嫁,但都被母亲断然拒绝了,母亲害怕带着我们兄妹俩再嫁让我们受罪,一直单身。

父亲和爷爷去世时别人的两句话我一直记忆犹新。父亲去世的时候,因母亲强忍悲痛没有哭,和父亲同龄的一个人说:"这样的老婆?!"爷爷去世的时候,叔叔的一个朋友说:"这老汉有福气,遇上这样的儿媳,跟闺女没什么区别!"母亲用她近 30 年的实际行动消除了人们的怀疑。

17 岁的时候,我弃学了,尽管母亲不同意,但拗不过我。一开始我四处漂泊打工,后来正巧中国农业银行招工,我有幸成为农行的一名代办员。母亲多年未见笑的脸上增添了笑容,但同时也在每天为我担心,不时地教育我不要因为家穷而动用国家的一分钱。母亲的激励伴随我一路走来，1993 年我顺利地通过转干考试，成为一名农行的正式工。1995 年我结婚了，圆了母亲的一个心愿。1996 年我的女儿出生，更为母亲平添了无尽的欢乐。1998 年我的妹妹也出嫁了，含辛茹苦抚养的一双儿女终于都已成人，母亲开始享受天伦之乐。可天有不测风云，2000 年我的第一次婚姻宣告失败，我的前妻撇下仅 3 周岁多一点的女儿走了，母亲的心情又一下子降到了冰点，本该颐养天年的母亲又承担起了抚养孙女的重任。直到 2005 年我再婚时发现母亲的头发已经花白，才知道是儿子又为母亲增添了五年的忧愁和悲伤，使母亲的黑发早早地白了。

如今，我的女儿也已经 14 岁，整天围绕在母亲身旁，奶奶看见孙女是说不尽的高兴。可母亲今年又患上了抑郁症，我和妹妹带上老人家到处求医问药，近期终于有所好转。今天下午我和老人家闲聊间，猛然想起昨天超市看见的一款凉鞋不错，就带母亲去买了回来，母亲一脸满足的样子让我倍感欣慰。这本不是送给母亲的节日礼物，因为我已经忘了今天是母亲节。慈祥善良的母亲，原谅儿子的不孝吧！

留守妇女:给孩子点亮一盏心灯

大同市天镇县南河堡乡王进堡村　张艳芳

　　我是一名地地道道的留守妇女。结婚16年来,丈夫每年冬天在家,可一开春就开始到外打工,一年时间,多半年都不在家。

　　新婚的日子,丈夫不在家时,我就在娘家住着,如同没出嫁一样,同父母下地干点活,或者在家里织个毛衣,学做一些针线活,日子倒没觉着什么。儿子出生后,加上我弟弟也要结婚占房子,我就不能随意回娘家住了,搬回婆家住。

　　冬天,丈夫什么活都做了,可春天一来丈夫走了后,地里的活、家里的活都要我一个人干,还要照顾孩子,一肩挑起全家的重担,就这,公公婆婆有时还总不理解。有一次,因为一点小事,话赶话,我与公公的矛盾激化了。无尽的委屈让我使出了最不理智也最不明智的一招:离婚。

　　丈夫一着急,匆匆赶了回来。

　　丈夫不想离婚,因为两个孩子太小,流着泪求我。我真的不想再让他出去打工了,我真的不想再过这样的日子了。可是调解完后,丈夫又不得不外出打工了,待在家里村里县里,真的找不到可以挣钱的机会。

几年过去了，孩子们也大了，大儿子上学了。白天我把地里打理得有条有理，有时间教孩子学习一下，一边哄着孩子，还捎带做针线活，父母和公婆也帮我看管一下孩子。

如果就这样，我想生活会平静地继续下去。可是在大儿子上二年级的时候，不知怎么回事，我总感觉力不从心。有一次，我到地里干活，竟然休克了。不知道什么时候醒来，拖着软软的身体回到家。接下来好多天，我的身体虚弱的很。丈夫为了照顾我，答应我暂时不出去打工了，在家帮我种种地，喂牛喂鸡的，或者干点别的产业。并不是只有打工才能挣到钱的，在家致富不也是很不错的吗？

就这样，丈夫在家照顾了我半个多月，感觉很好。同丈夫在一起的日子多么惬意啊。可我能看得出，他在家待着，可心里还想着工地上的事，干什么也好像提不起精神来，没有兴趣。想做点事，可手中的那点积蓄经不住折腾呀。后来我说，要不我们一块出去打工吧，孩子留给父母看。

我想，其实我一人在家带孩子和种那几亩地，自己感觉到吃力，还收入不了多少，要是出去打工，每月怎么也能挣一千多元钱，比种地强多了，而且也不是太累，待在丈夫身边，虚弱的身子也好得到调养。再说了，我已经三十多岁了，人生有多少个三十呀，这种聚少离多的日子我真不愿再过下去了，可丈夫不同意我去打工，让我在家能干点啥就干点啥，实在不行就雇人做，他不想让我出去受罪。最重要的是孩子上了学，尤其在孩子年幼时，父母感情是任何人都代替不了的。"你在家好好带孩子，这是最重要的。"丈夫的决定也不是没道理。我便决心不出去打工，在家好好带孩子，钱多钱少够维持生活就行。丈夫从以前的一个月回一次家，改为10天或半个月回次家，怕我再出现上次的"问题"。

　　一晃 8 年的留守生活过去了。在艰难留守的日子里，我学会了自信、自立、自强，渐渐地，我发现自己逐步实现了自身价值。是的，我是一个留守妇女，我选择了留守孩子、教育孩子，给家庭以温暖，给孩子留下亮光，点亮孩子心中那盏心灯，哪怕是零星的希望之光。

我这个"程咬金"老婆啊

朔州市山阴县马营乡芍药沟村　张　文

　　我和老婆结婚 30 年了。回想起和残疾人老婆、泥瓦匠老婆、"程咬金"老婆一起走过的岁月,风风雨雨,坎坎坷坷,我心中有无限的愧疚。

　　我常年打工在外,所有的家务,照顾几个孩子的事,几乎都落在了她一个人身上。从一贫如洗结婚到现在,30 年来,她跟着我吃尽了苦头,遭了大罪。耕地、锄田、播种、耧田、收割,村里农活基本上都由她一个人包揽,日复一日年复一年,默默地操持着这个家。除此之外,老婆还要花去大把的时间去我岳父那里帮忙。我老婆在岳父家是长女,她要帮着父母照顾下面的五个弟弟,作为长女,她却没有机会上学。弟弟上学、成家、就业,能接济多少她都会倾力帮忙。无论多艰难,她始终没有改变过心中的那个信念——就是砸锅卖铁也要让孩子们上大学。我们的三个孩子都是边帮妈妈卖饭边完成学业的,后来陆续大学毕业。目前我大女儿是村官,二女儿在联通上班,儿子在北京搞设计工作,前两天,儿子打来电话说,由他自己设计的玉树地震博物馆已经中标。

　　刚进城时,我们靠租房过日子。送孩子们上学后,她毅然决定自己盖房子。盖正房时我们找了个大工，我和我老婆是小工，慢慢盖。我老婆虽然没有读书，但是她心灵手巧，而且也是个女强人。正房除了雇了一个泥工砌墙，一个木工做顶外，其余全部工程由我们两个人自己完成。当完成了三间正房后，剩下的三间南房，她又让我外出打工，完全由她自己独立完成。上梁、压瓦期间正好孩子们暑假回家，这两个工序是由他们一锹土一锹土地扔上屋顶，一块瓦一块瓦地压上去的，剩下的砌砖、刮腻子、铺地板、和泥、铲泥、装门、吊屋顶、配备原料等等都是由她一个人完成的。就是这双勤劳、巧妙、满手硬茧的双手，凭借着坚韧的、超人的毅力经历着无数次的起早贪黑，房子终于拔地而起了。施工期间，路过的街坊无不称叹："真不容易啊，这个女泥瓦匠，我长这么大真是没见过这样的女人！"

　　我老婆不是天生的耳聋人。小时候生病，因为家穷，她错过了最佳治疗期，导致听力严重受损。起初，佩戴过残联帮付一半费用的耳机，那时还能听到，现在耳朵受损，加上她经常做事不方便，就不戴了。现在要很大声说话她才能听到。但是这对她来说，丝毫不影响乐于助人的品行。东家需要卖东西了，西家需要找个帮工了，只要和她讲过的，她都会特别留心，没几天保证帮人解决。老婆特别富有正义感，在我们这的交流会上见到打架的，人家躲还躲不开呢，我老婆总要凑上去问个究竟，直到帮他们和解为止。有一次和解不成，是个外地人还继续打我们本地人，我老婆大吼一声："大家快来帮忙！在我们当地，本地人被打受欺负还了得！"她就上去帮打，周围也有人帮忙，才把那个人吓跑。因为我老婆这个半道"程咬金"，我们全家人也被闹了不少哭笑不得的事情，只能由着她的性子。

我们全家人都很敬重我老婆,她有着非一般的肚量,对很多事都很淡定,绝不说东家长西家短之类的闲言碎语,只是凭借着她的热心肠,一如既往地做她力所能及的事情,全力帮助别人。她和邻里、妯娌、小姑、弟媳的关系特别融洽,果然应验了那句话,"家和万事兴"。

老婆说,人穷并不可怕,可怕的是失去战胜贫穷的信念。

我老婆没啥文化,做事情却敢想敢干。早年我带她去阳泉走亲戚,顺便到理发馆看了下,她回来就在我们村开了第一家理发屋;看到人家做八月十五的月饼,她看看问问,自己钻研钻研就买了大烤箱给人们做月饼;早先卖过冰棍、摆地摊,在村里卖过鞋子、开过小卖部,架过骡子车,还曾和要宰杀她养好的大猪的人们杠了起来。她一直都是养全了家畜,逢年过节,全靠这些来供给我们各自的父母和全家上下。我老婆对别人大度大量、勤俭持家,对自己却很严苛,从不舍得花钱为自己置办衣服。而今每逢过母亲节、父亲节、生日、纪念日,子女都会有意识的让我们接触信息化时代的新事物。现在我老婆也能用粗糙笨拙的手点击鼠标玩个简单的游戏了。

参加完我爱我村网的培训,我老婆也一口一个我爱我村,逢人便说,现在的网络就是好,啥也能做。看到女儿的博文被点击,她也兴奋地说,又被点击了,又被评价了!

这就是我的残疾人老婆,泥瓦匠老婆,"程咬金"老婆,也是让我家发家致富的法宝。

老实巴交的父亲

阳泉市盂县仙人乡外山南村　胡　彦

　　"父亲的油纸伞很大很大,大到可以装下全家人。放羊时父亲常带着它,风雨中成为全家的牵挂。"这是我以前写给父亲的话。包产到户前,父亲一直给大队放羊,分开后也放了十几年的羊。不知道是不是因为这个,父亲练就了两个绝活:接骨按摩,仔猪阉割。直到现在,谁家大人小孩跌打损伤,谁家猪仔需要阉割,只要找上门来,父亲都会热心地去帮助人家。也有时候家里人怪怨,他总是会说:"除了这咱还会什么呢?"

　　小时候,父亲做了一件至今还会有人拿来笑谈的事情。

　　那次,父亲抱着比他小几岁的姑姑玩,姑姑哭个不停,这时父亲的爷爷说:"她再哭就把她扔到地上!"本想是一句吓唬小孩的话,父亲却很听话,见姑姑还哭,他真的把姑姑重重扔到了地上。

　　父亲是个晋剧迷,我小时候,哪里有唱戏的他就带我去看。也许是受父亲影响,我也一直比较喜欢听晋剧。现在父亲最爱看的就是大戏台了,有时候也会一个人吼两句。父亲到我屋里时,我会从网上找到经典的晋剧唱段给他看看。妻子有时候怪怨,父亲便说:"多好的戏啊,你们不爱看?"

　　我中考那年，父亲得了一场病，胃穿孔。那次，我中考失利回到了家，父亲也住了很长一段时间的医院。所以父亲常说，是他连累我没有考好，其实我知道并不是那样的。后来我无论做什么，父亲都很支持。我家修房那年，我花一百多元买回了自考教材，参加了自学考试，还参加了电气焊培训班，种过食用菌，做过玩具，尽管一事无成，父亲每次总要拿钱给我。现在看着父亲一天天老去，而我仍然没有什么成就，心里充满愧疚。

　　二十几岁那年，外村一个人引来一位广西姑娘，要给我当老婆。我感觉非常可笑，可是父母和家人苦苦劝说，父亲说："咱家这条件，就答应吧？"于是我勉强应了下来。后来，那个姑娘告诉我实情，她是被人贩子骗来的。只过了不到一个月，我就对父母说，要和她回趟广西。母亲死活不答应，父亲紧锁眉头，抽了一阵旱烟后，说了三个字："就那吧。"于是我就把那姑娘送回了广西，害得我们家白白花了6千元钱。我一个人从广西返回来后，父亲对我说："姑娘安全到家就好，你好好干吧，钱没有了咱再挣哇。"母亲告诉我，那天，父亲送我们走后回家就大哭起来，他是担心我的安全了。再后来，那个广西姑娘给我来了一封信，她说："如果你们不让我回来，或许时间长了我会死心跟你的，你们全家都是好人啊！感谢你们！"

　　我爱父亲，一个普通的不能再普通的老实巴交的农民，一个将爱心全部埋藏起来的男人。

我的贤妻

运城市稷山县稷峰镇马家巷村　马芳骥

一年三百六十五天,勤劳如昔。我忙完了一天的农活,已是静静的夜晚,吃过晚饭,坐到电视机前,妻子依然还在忙着,刷碗、洗锅、喂猪,本来有些家务活我也能帮着干,也能把它干好,可妻子从来不让我插手。即便有时候看见妻子真的累了,挽起袖子还没有走进厨房,她就把我往回推,她总是说,一个大老爷们,吃了饭歇会儿,你做这要让外人见着了说你怕老婆、妻管严。

我和妻子结婚快 40 年了。上世纪 70 年代刚结婚的时候,"农业学大寨"凭工分吃饭,那时候她就勤快好动,一家 5 口人,妈、两个妹妹、我和妻子,全家人都夸她是个干家子。白天忙集体的农活,下了工,尽管很累,可她还是让俩妹妹歇着,她亲自下厨做饭、做家务,乡邻们都夸她孝敬婆婆,姑嫂关系处理得好,还多次荣获县、乡、村领导颁发的奖框和锦旗。1992 年垣曲县人民政府颁发给她的锦旗现如今还挂在老宅的墙上,上面绣着 6 个流金大字"好儿女金榜奖"。

那个年代,一年到头除了口粮就省不下几个钱了。我和妻子结婚时她买的好点儿的的确良面料的衣服,她总把它压在箱底,除了开会、赶集和集体活动穿一下外，就再也没碰过，总是到了家里就脱下来，换件常穿的旧衣服干家务和农活，可以说十几年都没正儿八经的穿件新衣服。可妻子爱干净，就是补丁衣服也洗得干干净净的穿在身上。家里的桌、椅、板凳虽破旧，可她在上面订块花塑料布依然能当新的用。早晚有客人来，都是被她擦抹的一尘不染。那个年代，干部下乡吃派饭，村官都愿意往我们家派饭，可能就是因为妻子出了名的干净吧。

上世纪80年代，我在县后河水库施工连干事务长，每次从家走的时候，她都嘱咐我："你干的是公家事，关系到全建设队的吃饭问题，你可得安安心心的在连队工作，不要惦记家里的事。要勤劳本分，不能贪图享受，只有老老实实、认认真真的把民工的生活搞好，才能让大家把工程干好。"

妻子待人接物都非常亲切和善，她性格开朗，喜欢助人为乐。左邻右舍不管谁家发生什么事，她都全力相助。妻勤快、爱干净，又做得一手好针线活，不管是谁家娶妻嫁女，做衣服、装被子，邻居们都来找她，她从不因为手头活忙，推辞不干。每次都能给人家一个圆满的结果。

妻子贤良温柔，她不但能支持和帮助我干好各项工作，还孝敬婆婆，免了我的后顾之忧。因为爸爸去世早，她深知婆婆的苦。妻子对三个孩子也照料得很好，所以儿子、媳妇、女儿、女婿对她都很好，一家人相处很是融洽。改革开放实行家庭联产承包责任制后，儿女媳妇常在外地打工，我和妻子在家种的地多，四五亩棉花，五六亩尖椒，家里每年还养20多头商品猪，她不但忙地里的还忙家里的。她总嫌我活重，不让我帮她干家务，可她每天都忙得手脚不停，如今已快60岁的人了，不但家里地里来回忙，还得照料两个年幼的孙子。就是这样的劳累让她的背驼了，腿患了严重的滑膜炎，可她总说自己不累，一直默默地为这个家奉献着。

我很庆幸自己娶了这么个好媳妇，她给了我踏实真诚的爱，让我感受到了真正的人生，并使我懂得了怎样用感恩的心回报生活。近年来，我想做的事越来越多了，在她的大力支持下，梦想一个一个实现，我的生活也更加丰富多彩了。

执子之手，与子偕老，人生得一贤妻足矣。人们都说平凡的生活就像一杯白开水，淡淡的但却不可或缺。要我说，平凡的生活就像一首动听的情歌，每当在宁静的夜晚，我和妻子肩并肩坐在柔和的月光下时，心里吟唱着那首歌，它让我们的爱在幸福的生活中洋溢着快乐。

我的父亲——小有名气的民间艺人

临汾市曲沃县高显镇安居村 常东霞

看到父亲在专心致志地写东西，我突然心血来潮想为父亲拍几张照片，父亲却笑我还像个长不大的孩子。日常的忙碌使我好久都没有这样端详过父亲了，看着父亲额头上那深深的皱纹、那染黑的头发里露出的早已花白的头发，我知道，那都是为了我而过度劳累伤神所致。

为了儿女，父亲付出了太多的艰辛！

我的父亲是个普通的农民，他从未接受过音乐培训，但凭借自己的天赋和爱好，加上不懈的追求，吹拉唱打无所不通，成为我们这儿小有名气的民间艺人。

在我小时候的记忆里，每当农闲或者下雨时，父亲都会拿出心爱的二胡拉上几曲，这是父亲一直以来的一个习惯。

奶奶经常给我们讲起父亲小时候的故事。那时父亲就酷爱音乐，尤其喜欢拉二胡，当时爷爷没钱给他买，父亲就用兔皮、竹筒、院子里的枣树枝，甚至还在邻居家拽了马尾鬃，自制了一把二胡。看着自己制作的二胡，父亲欣喜若狂，整日里爱不释手，无论是酷暑、还是严寒，都从未间断练习，有时怕影响邻居休息，便钻进地窖里去练习。经过不断的刻苦钻研、勤学苦练,功夫不负有心人,父亲学会了好多种乐器。那些乐器在父亲手里是那样挥洒自如、得心应手。父亲初中毕业后,很顺利地考取了音乐学院,却因为大爷爷的海外关系而被取消了录取资格,这是父亲一生最大的遗憾!父亲是我们村文艺宣传队里的一员,逢年过节都会为村里义务演出。

父亲还参加了运城电视台举办的《蒲乡红》栏目,获得了周播主奖。

母亲生了我们姐妹三人,因为家里缺少劳力,父亲不仅在外要挣钱养家糊口,家里的重活累活也必须承担。多年前,在没有农用机械设备时,农作物全靠父亲用手推车一车一车拉回家。累了困了,停下来用毛巾擦擦汗,看看我们姐妹,随后便又笑逐颜开地继续前行……

老天虽然给了我太多的不幸,但我却幸运地拥有这样一位好父亲,自从我8岁因病辍学起,父亲就背着我不知走了多少的路、寻访了多少名医和偏方,10年里为我做了7次手术,是父亲坚持不懈的努力才有了今天的我。7次手术花掉了父母所有的积蓄,还欠下很多的债,那时的父亲才30多岁就长出了很多的白发。

记得我12岁那年,由于在县城医院手术效果不理想,从没出过远门的父亲就带着我到北京去看病。下了火车,父亲背着我,脖子上挂着沉重的行李,一边走一边打听儿童医院,父亲的汗水一滴滴打在我的手背上,我好心痛,就如同父亲的血滴在我的身上,我深深地感到这位平凡的父亲是多么伟大。找到医院时天已经黑了,医院的招待所没有房间,茫然的父亲第一次在我面前流泪了……好心的服务员将一间存放被褥的库房腾出,让我们父女俩挤了一晚上。手术之后,父亲给我买了鸡肉和乐百氏奶让我补养身体,而父亲吃的却是仅用盐和醋调和的白挂面，还有馒头就咸菜……每当想起这些，我便深深感激父亲为我所做的一切，我的心就好难过。我不知道该如何才能报答父亲对我的爱，也许在父亲的心里，我生活得更好就是对父亲最好的报答了。我一定会努力生活，不辜负父亲对我的期望。

父亲是我生命里最重要的人。他不仅给了我生命，教会了我做人，更加让我懂得了人生的努力奋斗和坚强不息。我为拥有这样的父亲而感到骄傲和自豪！

清明哀思——怀念父亲

太原市娄烦县天池店乡顺道村　刘健民

清明又来到了,这是一个让人寄托哀思的日子。七年前,我们的父亲在与病魔抗争了整整一年后,离开了我们。父亲走了,背负着一生的荣耀、磨难与坎坷,离开了这个世界;带着无限的牵挂与留恋,离开了他的发妻;带着无限的疼爱与关怀,离开了他的儿女们。谨以此文献给我们亲爱的父亲大人——

亲爱的父亲,您的儿子们又来给您上坟了,每次给父亲清除坟冢荒草,我们带伤的心就又一次被刺疼。丝丝飘洒的细雨,落在我们的身上,打在了我们的脸上,连同我的泪珠,化作对父亲不尽的思念。

亲爱的父亲,您的身影时时刻刻萦绕在儿的脑海中,儿忘不了您和蔼的音容笑貌,忘不了您严厉的面孔,忘不了您教导我们在人生的路上该怎么走、该怎样做一个正直、善良的好人;忘不了当我们面对困惑、面对挫折时,您耐心细致地鼓励我们的那些温暖话语;更忘不了当我们兄妹有一点小病时,您那在关切的目光中透露出的焦虑眼神。

亲爱的父亲,您一生勤奋工作,为儿女操劳,为小家奋斗。无论生活多么拮据，您从没亏待过我们。您经常穿着一身洗得变了颜色的衣裤。爸，您辛苦了一生，清苦了一世啊！

亲爱的父亲，忘不了您 7 年前躺在病床上的那些日子，看着您日渐消瘦的面容，忍受着病痛的折磨想说却又说不出声的干裂嘴唇，显得是那样的筋疲力尽；看着您日渐骨瘦如柴的胳膊、脸庞和身躯，我们都无法为您分担病痛，我们心里真的好难受、好揪心；看着您临终时眼角流淌的泪珠，我们的心崩溃了，我们撕心裂肺、号啕大哭。我们的母亲、您的爱妻呼唤着您的名字涕泪横流，当场晕了过去……想起这一幕幕往事，我们悲痛欲绝、潸然泪下。这辈子，我们做您的儿女还没有做够，下辈子您还做我们的父亲。现在，我们把全部亲情都给了母亲，看着母亲健康的身体我们心里非常欣慰，远在天堂的父亲您放心吧，下辈子我们还是一家人。

亲爱的父亲，您走了，人间少了一位慈祥而善良的父亲；少了一位亲民、爱民的老党员和老支书。从此，天堂多了一位关心政治、喜欢读书和学习的老人。父亲的离去也是一种解脱，意味着您可以安静的长眠，再不用忍受那难熬的疼痛。在良好的家风熏陶下，您的儿女们一个个成家立业、事业有成，您的孙子们一个个健康成长，学有所成。街坊四邻无不为您的人品和您的儿女们啧啧称赞！

亲爱的父亲，您安息吧！为人父母的我们，早已理解您了，并深深感激您。感激您把我们带到了绚丽多彩的人世；感激您的养育之恩；感激您给我们指出了做人的准则；更感激的是您留给世人清白的一生。这让您的后辈们永远感到骄傲！永远自豪！

亲爱的父亲，我们想您……

妈妈的眼泪

运城市稷山县稷峰镇马家巷村　马芳骥

妈妈再一次患病住进了医院，十分想念已一年多没回过家的女儿，就打电话让女儿回来。

两天后，女儿总算回来了，却没有直接去医院，而是先回自家看婆婆和女儿去了。次日，吃过早饭，才一个人来到了妈妈的病床前，妈妈欢喜地掉下了眼泪。实指望女儿回来了能多伺候自己几天，还一再打发离不开家的儿子回家侍弄两天庄稼。可谁能料想到，天不黑就不见女儿的身影了。

妈妈想女儿一定是有啥急事，第二天一定会再来看望自己的。可等来等去，一直等到天黑，也没见到女儿的身影。

女儿现在哪儿呢？此时的女儿正在婆婆家给她姑姑打着电话，仍惦念着自己的生意。同在一个门口住的姨姨实在看不过去了，就问她："你妈病了，你回来了也不在你妈身边多伺候几天，在家里干啥哩？""有我爸爸哩，每天她就服两瓶药，要我干啥哩！"女儿答道。"你该不是等你妈睡到床上起不来了你才管哩？"姨姨气愤地反驳道。不论怎样，女儿没有再次回到母亲的病床前。

妈妈现仍住在医院。在家待得不耐烦的女儿却已乘车到外地做她的生意去了。听到这个消息，妈妈再一次流下了眼泪。

妹妹为何这么伤心?

运城市稷山县稷峰镇大李村　毛红炎

　　清扫文化站时,无意中发现了一个特大号大大泡泡糖的盒子,就是这样一个盒子,让我回想起了童年的一件小事。虽然已经过了十几年,却一直存于心中的某个角落难以忘怀。

　　那时我五六岁,随父母住在工厂里,妹妹住在老家外婆家。过春节了,我和爸妈一起回老家,半路上我买了两盒泡泡糖,吃了一盒,留了一盒。到外婆家时,妹妹高兴地和另外一个妹妹一起迎接我们。当时我不假思索就把泡泡糖给了另一个妹妹,这时我妹就哭了起来。我想拿回来给她,可已经迟了,泡泡糖已经被吃完了,只剩下一个盒子,当我把盒子给妹妹时,她哭得更伤心了。因为把泡泡糖给了别人,妹妹哭了一天一夜,哭累了,睡着了,一会醒来又哭,哭着睡着。我心里也特别难受,和妹妹说给她另买许多,说什么都没用,她一直伤心着。

　　当时小,无法理解一盒泡泡糖何以让妹妹这么伤心? 现在想想,或许常年寄住在别人家的小孩子,各方面都会比其他的孩子差一些,比如大人们有时会偏心,妹妹却不敢说出来也不敢表现出来,长期压抑。因此当盼回来的亲哥哥将一盒小小的泡泡糖给了别人时，一个迫切得到亲情的小女孩受到的是比寄人篱下更难以忍受的委屈。

而今，我在老家工作，妹妹却在遥远的南方生活。从小就离家的孩子如今走得更远了，而且如今要面对或忍受的委屈肯定不亚于当年没有得到那一盒泡泡糖带来的委屈。但是，我相信妹妹一定会微笑面对，不仅因为妹妹的坚强，更因为她的背后始终都有亲人的力量在支持。

不管以后走的有多远，我都想告诉妹妹：我很想你，家里人都很想你，我们永远都是你坚实的依靠！

妻　子

运城市稷山县稷峰镇姚家庄村　姚振平

有人说，夫妻是一根藤上结的瓜，同风雨，共患难，这话一点儿也不假。

记得刚结婚那阵儿，我还是民办教师，月工资45元，幸好吃的是"大锅饭"，一切开支均由父母承担。我是地里庄稼好歹不理不睬，家里杂活不闻不问，吃罢饭一抹嘴就往学校溜，一心扑在了教学上。

一年之后，另立锅灶，分了家，尤其是两个孩子相继呱呱坠地，我肩上的担子一下子沉了许多。我的工资远远不够养家糊口。当时，我带的是小学毕业班，由于年年小考前，夏收农忙总是不放假。妻子心地善良，人缘好，与父母、兄嫂、姐弟关系相处得很融洽，他们很乐意帮我们夏收秋播，我成了聋子的耳朵——摆设，有没有我都一样。就这样，我一直带了8年毕业班。为了应付生活，妻子除了起早贪黑种庄稼外，农闲时把孩子交给父母照管，自己外出打工。当时，她完全可以让我弃教务农，但她没有这样做，没有说过一句难听的话。这对一个农村女性来说，是多么难能可贵啊！

1994年，我去县进修校参加为期一年的学习，工资一分不挣，这是我家最困难的时候,比 1960 年(国家三年困难时期)还要紧张。面对这个窘境,妻子没有望而生畏,而是迎难而上。为了这个家,她冒着酷暑卖冰棍,几次昏倒在地;为了这个家,她顶着严寒捡破烂,手脚冻裂也舍不得休息;为了这个家,她瞒着家人去县城卖血……就这样,她忍受了常人难以忍受的艰难困苦,付出了常人难以付出的代价与心血,用柔弱的肩膀支撑起这个家。眼前的路是渺茫的,当时有不少民办教师纷纷弃教从农,下海经商。妻子不同意我这样做,她认准一个理:苍天不负有心人,实诚人不会吃亏。

1998 年前半年,一个天大的喜讯从天而降:我由民办转正。听到这个消息后,我们抱头痛哭,几乎不相信这个事实。生活总算有了转机,苦日子熬到了头。2004 年,我家盖起了新房,砌了围墙。2005 年,儿子和女儿相继结婚……

每当我回忆起这段刻骨铭心的日子,总是百感交集,妻子是一位普通的农村妇女,她虽然没有惊天动地的壮举,但面对生活逆境,勇往直前,挑战命运,百折不摧,无怨无悔,难道这不值得称颂吗?

老骥伏枥

运城市稷山县稷峰镇和合村　薛东普

　　我的父亲薛致敬,年逾古稀。腿虽然有些疼痛,但他现在还坚持随我四弟在乡里为广大人民群众建设高楼大厦。提起他,有太多的故事,我只能用我粗劣的笔将其概括一二,与世人共分享。因为每个人家里都有老人,而且老人们都是祖国的基石,有了他们才有我们每个人的今天。

　　父亲1939年4月13日出生在晋陕公路(现108国道旁)稷山境内汾水之滨的一个贫苦农民家庭。时值日寇侵我中华,殃及我清源。祖父薛兆林系中共党员,当时任村妇救会委员,负责妇救工作。父亲从小就受到党的思想熏陶,萌发出爱国之心。后来,祖父兄弟们之间,因信仰各异,同室操戈,祖父被逼迫北上山西灵石。病故后尸未还乡,家中只有幼小的父亲与我祖母艰难度日。

　　1947年,稷山解放,父亲在祖父的亲朋好友的帮助下,完成了小学学业。1955年互助组成立,父亲响应党中央"知识青年上山下乡到农村去"的号召,选择了农村这块黄土热地,立志扎根农村,建设农村,而那时别人选择的是外出当公务员。经过合作化,父亲度过了国民经济三年困难时期。

　　1966年，"文化大革命"开始，父亲任大队党支部书记。适值当地闹洪灾，为了广大人民群众的利益，父亲积极投入到抗洪救灾的工作中。他不畏个别人的刁难，多次召开全体村民大会，共商迁村大计，预定方案，并向县政府申请迁移村庄，却遭到了村里一些人的反对。那些人欺街骂巷，贴大字报来侮辱父亲，画漫画丑化父亲，常天敲锣拍镲，摇门塞户，大声叫喊，闹得我们家不得安宁。面对这一切，我父亲正气凛然，坚持真理，对一些不明白真相的社员，耐心说服。三五十个回合，得到了全村95%以上人的拥护和支持，终于在1967年到1970年期间，父亲精心规划设计的一幅新农村建设蓝图得以实现。

　　1973年，全国农业学大寨开始，我父亲又带领社员打井12眼，平深沟10多处，建公共用房108间，壮大了集体力量。《山西日报》头版头条刊登的《井水要用汗水换》的文章报道了我们村的先进事迹。

　　1976年，我父亲辞去了22年的大队干部职务，任公社建筑队会计。上太原，去翼城，到禹门口等地，南征北战，建设祖国。为农村培养数百名建筑大工人员的同时，又安置剩余的劳力，解决了村里经济贫困局面。

　　1998年，我母亲去世，父亲孤而不独，以报为伴，几十年如一日，对我党的方针和政策了如指掌。他时常告诫我们做儿女的："谦受益，满招损；勤则富，家业兴；国昌盛，民则安。"也有很多人评论我父亲说，"老薛在大队干了22年，没有贪集体一分钱。别人到外面找关系当公务员，他的4个孩子却一直在村务农"、"老薛一尘不染，光明磊落，确实是一位忠心耿耿的老共产党员。干部倘若都像他这样的话，社会该多好啊！"

　　父亲年纪大了,但他依然非常自立。他经常说,"只要我自己还能干活,我决不花儿女的一分钱。"的确,贫困党员他没开口,村内低保他没伸手。2009年5月12日,四川汶川地震,他在村里第一个交了特殊党费,得到了上级党委的好评。他身居家中,心系天下,先天下之忧而忧,后天下之乐而乐。年过古稀的父亲笑口常开,以快乐的心情,随我四弟为乡亲们增砖添瓦,给我们后人树立了光辉的榜样,在乡亲们的心里留下了不可磨灭的记忆,也为共和国的建设增添了辉煌。

　　为了表达我们儿女对父亲的敬仰,赋诗一首:

　　夕阳无限好,尽在发余晖。

　　人老心不老,益壮老更坚。

可敬的父亲

晋中市榆社县社城镇社城村 张宏杰

转瞬间又是一个父亲节,我用自己笨拙的语言写下我的父亲。

父亲早年毕业于太谷师范学校,一辈子都在为教育事业奉献着。如今 65 岁的他依旧关心着下一代,做着校外辅导员的教育工作。任过教师也做过领导的父亲,虽很严厉却从来不难为人。现已退休却从来闲不住,方圆几里的红白事、做纸扎,写对联、画棺材……不论哪家有事,那里都会见着父亲忙碌的身影。

听母亲说,我小的时候,父亲每个月工资只有 27 元。那时候我们家在村里是最穷的,全家住在山上破烂不堪的窑洞里。父亲要用仅有的那么一点工资去照顾我年迈的爷爷奶奶、两个未成年的叔叔,还有我们一家人。每月的工资都不够用,总是要东挪西凑、卯吃寅粮、精打细算、细粮兑成粗粮吃。父亲独自一人肩负着这样的家庭重担,却从不叫苦叫累。

那时,看见别的孩子买好吃的,我也会缠着妈妈要。妈妈总是哄着我们姐弟,把上餐吃剩的"煮疙瘩"放点盐让我们享用。童年记忆中,节俭的父亲从没有给我买过零食,甚至是小小的糖果。小时候的一丝欲望,总会让我们觉得当时的父亲是那么的小气,并不会去感受他的艰辛。然而无法给予丰富物质生活的父亲却给予了我们丰富的精神生活。从小我们兄妹就接受着良好的教育,感受着父亲比蜜、比糖更甜的关爱。

父亲很正直,对金钱、地位看得很淡。身处领导职位,却从不接受别人送来的礼品。即使别人偷偷地把礼物送到家里,父亲都会严厉拒收,并且说:"你要不把礼品带走,明天我会把这些东西带到会议上,让你亮相。"知道父亲禀性的人多了,便也没有人敢送礼了。有一次,父亲的一位局长同学,想把父亲的工作调至县城,以改善他的生活环境。然而父亲为了照顾全家老小,却主动放弃了调动。耿直的父亲,在教师职称评定时将县里拨给的名额主动让给其他同事,就因这职称问题一直影响着工资的收入。

年事已高的父亲,如今依旧还挑着家庭的重担。奶奶早逝,剩下多病的爷爷,需要父亲来照顾。他又一手操办了二叔、三叔的婚事。由于三叔身体不好、三婶患精神分裂病,他们孩子落地的第二天就被父亲抱了回来。父亲为了照顾三叔一家,每月的工资都是很紧。为了增加些收入他承包了村里的土地,靠辛勤的劳作来补贴家当。

苦命的父亲用他那单薄的身躯、慈善的胸怀和坚如钢铁的脊梁支撑着这个大家庭。可敬的父亲,你给后辈树立了榜样,我会像你一样,辛勤努力,默默付出。

父亲节之际,祝福老爷子身体永远健康!

父爱沉沉

忻州市定襄县宏道镇北街村　韩　彬

俗语说，"养儿方知父母恩"。已近不惑之年，既为人子又为人父，我才懂得了父亲的艰辛。

我的父亲和共和国同龄，少年时就失去了父爱（我的爷爷是高级干部，在"文革"中被迫害），饱尝了没有父亲的滋味，对我们就格外疼爱。我小的时候，父亲是一名民办体育教师，工资不高，事情不少。白天在学校忙着训练足球，晚上还得在被窝里给我讲故事，直到我睡着。有时在学校值夜班，他也要带上我去学校。

有一次，学校开运动会，中午饭给发了5个饼子，他没舍得吃，饿着肚子等到下午运动会结束拿回了家，他和妈妈每人尝了一口后给了我。我不懂事，猫在墙角的被子上哭了一下午。从这以后，爸爸每次出去开会拿回来的饼子总是圆圆的。

父亲有时很严厉。有一次，我把家里的钱偷偷拿到街上买了花炮，被爸爸揍了一顿——不过他的手举得高，放得轻。

上初中的时候，我嫌穿的衣服补丁太大和妈妈争执，爸爸下午就拿了块布回来。后来听妈妈说，是借的钱。

我在摔柔基地训练扭伤了脚，爸爸隔一天就来一趟，生怕队友和医生照顾不好我,连门卫都混熟了。

后来,爸爸为了生计做起了生意,家里也分到了几亩地,爸爸的目标是让我们住上新房子。用他的话说:"党的政策好了,过去的日子太苦了,咱得让你们跟上时代。"

盖好房子后,弟弟考上了大学,父亲又挑上了新的担子,不过心情是喜悦的。

没有可歌可泣的事迹,心底却蕴藏着无与伦比的爱。父亲舍不得穿,舍不得吃,教我们生存,教我们做人。起早贪黑地奔波,只为让我们能过上好日子。

父爱是深沉的,是威严的,是默默无私的付出,更是无法用语言形容的疼爱!在父亲的眼里,孩子是永远长不大的。比如,我都快40岁了,家里的苦力活还舍不得让我干,嫌我"不中用"。有点好吃的,还要给我和孩子们留着,说他不爱吃。连我儿子也知道,爷爷奶奶是假装着呢。

今天,父亲还开着三轮摩托车出去做生意,早上还锄了一块地。他说,我喜欢劳动,喜欢自食其力,只要我能,就不给你们增添负担。

这就是我的父亲。

父亲与高粱

忻州市忻府区董村镇孙村　张来源

父亲离开我已经13年了,但他的高粱情结却时时闪耀在我的脑海。如今,我依稀看见父亲还起早贪黑地忙碌着。我觉得,父亲对高粱的迷恋、忠诚、依赖,他的高粱情结,完全可以凝聚、概括一代人,一代农民对于粮食天然的感情。

父亲活了83岁,一生与高粱打交道。种高粱锄高粱,收高粱打高粱,烧高粱杆儿,蒸高粱面,吃高粱饭,喝高粱酒,生在高粱地,埋在高粱间。父亲的一生,没有离开过高粱,更没有离开过土地。

童年,父亲和高粱是唇齿相依关系,他盼望饱饱地吃上一顿高粱窝窝,但在兵荒马乱年月,这个最简单的愿望根本无法实现。

父亲生长在一个没有土地也没有高粱的农民家里,贫困这个词伴随他走过了许多岁月。童年的他,除了挨饿还是挨饿。他13岁就去给人赶毛驴磨面,为的就是能吃上一顿菱子窝窝。17岁的时候给人打短工、扛长工,开始和高粱打交道。种高粱、锄高粱、收高粱、打高粱……那个时候,高粱成了他生活的全部内容。

那时,土地是别人的,高粱也是别人的,辛苦一场留给他的只有一个字,穷。

人穷了命就不值钱了。

那年冬天,晋绥军扩充军队向村里要人,村长好几天都没有找下人,愁得用大洋雇都没人去。父亲正给一个财主切草,听到此事就说:"如果给30个现洋我就去。"村长喜出望外满口答应,并叫村兵看住父亲,怕他后悔了跑了。父亲把本家的一个哥哥叫来说:"我把现洋交给你,我回来了就去取,回不来了就没事了。"本家哥哥不让父亲去,父亲说:"怕甚哩,咱这命还值个钱?"

兵荒马乱的年代,男人们经常被迫去当差。抬担架或者抬死人,都是十分危险的事情。稍微好点的人家怕去送死,就雇人去顶替。父亲没钱也不怕死,就不断地去挣这样的卖命钱。

那时,父亲一生最大的追求就是有足够的高粱可以吃饱肚子。靠着卖命换来的钱,他就去买地,渐渐地,居然有了自己的四五亩沙田薄地。沙田薄地虽然收获不了多少高粱,可至少不用挨饿了。饿怕了的父亲并没有好好地享受高粱的美味,相反,他出奇地俭省起来,在高粱的吃法上做起了文章。

高粱的普通吃法有两种,一是煮熟高粱再磨面,把面粉和红皮(高粱皮)分开,人吃面粉猪吃红皮。另一种是不煮,干磨,连面带皮全吃了,目的是为了省粮食。在父亲眼里,这两种吃法都过于奢侈。他知道一斤高粱能换十斤红皮,就决定卖了高粱买红皮。

靠着拣柴拾粪打短工、卖了高粱吃红皮的生活方式,父亲的原始积累逐步生效。到新中国成立前,父亲已经买下十来亩地了。这个时候父亲才敢吃干高粱面,干高粱面虽比不了煮高粱面,但比红皮要好上千倍,至少可以蒸窝窝,也可以搓鱼鱼。

土地买下不久,新中国建立了,合作化运动也开始了。几天的工夫,土地、毛驴、农具全部成了合作社的。世道变了,但是父亲的活法丝毫没有改变。合作社也好,生产队也罢,作为农民,总是要和土地和高粱打交道。父亲继续日复一日、年复一年地种高粱锄高粱,收高粱打高粱,所有的努力,都是为了填饱肚子,但真正填饱肚子的时候并不多。每年青黄不接的时候,人们就没吃的了,家家就问生产队借高粱。

1972 年一年没雨,庄稼歉收,第二年刚打春,村里人就没吃的了。父亲向生产队借粮,队长不同意,两人就吵起来,后来还动了手。父亲说:"哪如单干哩,要是单干,你们求老子借粮吧!"

父亲是队里的劳动模范,但即使如此,劳动一天也只能挣 10 分工,10 分工只值四五毛钱。父亲为了多挣工分,天天出勤,还要利用早晨、中午的时间给队里拾粪割草。父亲的生活也节俭到了无以复加的地步。家里养着鸡,喂着猪,院子里还种了一片旱烟叶,可他舍不得吃一颗鸡蛋一斤肉,舍不得抽一袋烟。他不仅自己不花钱,而且不让母亲花一分钱。为了几毛钱,他们经常就吵起架甚至打起来。人们都说父亲过于抠门,我也曾暗暗埋怨父亲吝啬的没有人味儿了。

我懂事后才明白,父亲不是没有人味儿,而是他的人味儿太特殊了。

我初中毕业时,一大部分家长不再让孩子念书,都到生产队劳动挣工分去了。我想,父亲把工分看得十分重要,恐怕也要让我挣工分去了。没想到,他十分认真地对我说:"你想念书就一直念,多会儿不念了再挣分也不迟。"在父亲节衣缩食辛劳受苦的日子里,我走进了高中的校门。高中毕业后我参加了工作,可是每月只有 16 元的工资。我想买手表买自行车,但不敢和父亲说,我觉得父亲不可能允许我买那么昂贵那么奢侈的东西,因为这两件东西是全家两年的收入啊。当我吞吞吐吐说出我的想法后，想不到父亲答应的十分痛快和大方。到我要结婚的时候，父亲又把他在信用社的全部存款取了出来——都是10元的、20元的存折啊。我忽然明白父亲为什么拼命挣工分舍不得花钱了。那一张张存折，都是父亲20多年里一滴血一滴汗换来的啊。

父亲自豪地说："我早就给你准备上了。"

我婚后的第3年，村里开始"单干"了。家里分了地，我要种些香瓜卖钱，父亲却坚持全部种高粱。那年的高粱长得特别好，颗粒饱满又红又亮煞是喜人。父亲手里捧着高粱，围着上万斤的高粱堆不停地转悠，白花花的胡须上荡漾着孩童般的笑意。我说，咱卖了高粱，以后就改吃白面吧。父亲却像传授秘诀似的说："卖不得，卖不得！年年防旱夜夜防贼，家有高粱，咱什么都不怕。"

赶上了好光景，我的儿女们变着花样吃白面，很少吃高粱面。父亲就不高兴了，他要顿顿吃高粱面。没办法，母亲就煮了高粱，用头箩子面给父亲搓鱼鱼。

父亲死的那年是个大旱年，高粱都枯死了。父亲患了脑萎缩，浑浑噩噩白夜不分。他问我："咱地里的高粱长得好不好？"为了安抚他，让他放心，我就说："好，又是个好收成。"听到这话，父亲笑了。

这一笑，父亲再也没有睁开眼睛。

安葬父亲后，我在父亲的坟头上撒满了高粱籽。过"七七"的时候，嫩油油的高粱苗掩盖了新坟。我仿佛看见父亲蹲在高粱叶子上笑。

我含着眼泪对父亲说："爹，你安息吧，我年年给你种高粱。"

我跪下给父亲磕头，给高粱磕头：一个，两个，三个……

吃饭记忆

运城市稷山县西社镇仁义村　赵湛荣

　　舅60多了，每每在人婚丧嫁娶的席间瞅着一碟碟丰盛的、香喷喷的菜、肉，却无人动筷时，就会催座上的乡亲赶紧吃，"不吃就全倒了，挺可惜的。"

　　当乡亲们一个个摆手说味道调得这不好那不好时，舅就会从腰后掏出长长的油光锃亮的旱烟锅，在一起绑着的旱烟袋里一舀，款款地压瓷实，含在嘴里，划根火柴点上，猛吸一口，右手轻摆两下，让微弱的火不致惹祸，才放心撂到地上。随着他的一吸一吐，烟雾遮住了他整张脸，他眯着眼睛用右手指着满桌的菜、肉说："现在人都吃粗啦！搁以前，这号子饭，看能剩半点儿吗？吃完还要用舌头再把碟子舔一遍，生怕剩半星饭粒肉粒……"

　　舅继续沉浸在自己的记忆中："1960年我12，我哥15。我家是地主成分，我爹瘫痪在炕上，我妈每天伺候我爹。我和我哥天天给大队干活挣工分，贴补家用。队里发的玉米面，那时金贵。我妈每天只吃一点点，想着叫我哥俩吃饱。我哥俩也希望妈吃饱好有力气伺候爹。虽然大家都在省，可临了，还是接不上下一年的收成。我哥俩饿得肚子疼，就想辙。听大人们说榆树皮磨成面捏窝窝可好吃哩，我哥俩趁半夜拎上镰爬上咱村东头的那 18 棵榆树,刮树皮。白天不敢刮,怕被人看见了,要挨批、游街的。刮了半麻包到了家,也不晓得累,就在院里头的石磨上碾面。第二天晌午,妈用榆树面捏的窝窝,闻着还挺香的。我兴冲冲咬了一口,泪就下来了——那真不是味啊!苦苦的、硌硌的。妈问我好吃吗?我噙着泪说,好吃好吃……"

舅自个说得声泪俱下,旁人则边挑拣着自己喜欢吃的食物,边说些村里近期发生的事情,全然没心思听他唠叨。

时代不同了,国贫民弱的历史结束了,舅的一部辛酸吃饭史,听来很像发生在几千年前的事。应该说,舅念叨的那种吃不饱肚子的日子,已经一去不返了。现在人们变着花样的吃,还天天念叨没啥可吃,啥都觉着不好吃,人们有了更高的追求——大家开始讲究吃饱、吃好,还得吃出水平,吃出文化!

"每顿饭有点菜吃就美啦"

忻州市定襄县宏道镇北街村　　韩　彬

　　我小时候特别喜欢吃菜。所谓的菜,只不过是用土豆、大白菜加点粉条,上点调味,用水煮半小时的农家菜而已。我吃这道菜的时候,很少吃主食"玉米窝头",因为,只吃这个菜我就可以吃饱。

　　这个菜味道鲜美。在村子里,菜一般不用盘子盛,而是用盆子或者干脆把炒锅端上桌子,一家人围着吃。在那个饥饿的年代,这个菜一个星期能吃上一顿就不错啦,所以老是一扫而光却不觉饱,还得添点儿窝窝头。

　　记得一次吃晚饭,我跟妈妈说:"啥时候每顿饭都有点菜吃就美啦,那实在是好!"妈妈侧过脸,没有回答,因为她清楚地知道,那时候爸爸一个月挣三十块钱养活我们一家人,难呀。

　　多少年过去了,"每顿饭有点菜吃就美啦"这个愿望早就实现啦。而且,孩子们已经到了连鸡蛋、鸡腿、牛奶都嫌没有味道的时代。

　　昨晚,我还和我的妈妈说起这事。妈妈和我都感慨道:"现在的孩子多幸福呀!"

　　可是,我的女儿还以为我们在跟她说笑话呢!

我那永远年轻的父亲

忻州市忻府区曹张乡北曹张村　贺斌杰

　　"父亲"这个称谓对我来说由衷地感到亲切，冥冥中又透着陌生。28年了，我第一次这么沉重地敲击着键盘，凭一些残存的印象，回忆我那永远年轻的父亲。

　　我的父亲与母亲是共和国的"长子长女"。他们的诞生伴随着新中国成立的礼炮声，他们长在红旗下，经历了"无往不胜的大跃进"，经历了"如火如荼的文化大革命"。1968年，刚满20虚岁的父亲离开土地，成了一名工人。

　　父亲的第一个工作单位是山西省五台县化肥厂。对父亲这一段近十年的工作情况，我知之甚少。只知道父母1971年结婚，1972年、1976年我和妹妹相继出生。从我记事起，父亲与我们总是聚少离多。那个年代，虽然父亲的工厂离家不过100公里左右的路程，却无奈交通不便，致使他无法经常回家探望妻儿老小。上世纪70年代后期，父亲调回刚刚组建的忻州地区化肥厂，但这个工厂没有启动。无奈，父亲又于1979年调入刚刚组建的忻州地区环保办公室（后更名为忻州地区环境保护监测站），开始了他事业的上升期。在这期间，父亲每个星期天都要回到20公里远的农村老家与我们团聚。

世事无常。1982 年 5 月 6 日，父亲在执行任务时，从高空坠下，医治无效因公殉职。当时母亲和我在农村老家，妹妹因年岁小、学业不紧张，父亲星期一上班时带上了她，也就成全了父亲最后一段与可爱的小女儿一起度过的美好时光。

父亲出事当天，我在村里的小学读书，本家的一个爷爷急匆匆地到学校接上我，和母亲一道，坐上了专程来接我们的父亲单位的吉普车。我们见到父亲时，他已经躺在那阴冷潮湿的太平间里，与我们阴阳两隔了。我当时已没有了少年的恐惧，看着父亲本不伟岸的身躯被白布单遮着，仅仅外露的面部已全然不是那熟悉的面孔，猛然间我号啕大哭……

在我的记忆里，父亲是惜子的，同时又是严厉的；父亲是多才多艺的，也是至孝至义的。

现在回想起来，最快乐的应该是父亲在家的星期天。

星期天早上，父亲总会一左一右地搂着我和妹妹，在被窝里打闹、嬉戏，直至日上三竿，尽享天伦之乐。再就是晚上给我们兄妹讲故事，诸如：《少年张衡》、《百岁挂帅》、《击鼓抗金》、《猫狗耕地》、《县官画虎》，等等。多少年来，我想凭记忆，记录一些父亲讲的民间故事，可记忆都是零星的片段，怎么也无法连接。8 岁时我学会了骑自行车，那时农村自行车很少，我家自然也没有，父亲回家骑着公家的车。一个星期天的上午，我表示了想学骑车的意愿，父亲同意了。于是我推着自行车，父亲跟着，来到村外的公路上。父亲扶着自行车的后架，我握着车把，腿就斜跨上去了。我在公路上惬意地蹬骑（因初学，总是蹬半圈）着，走了好远后，才发现父亲已然放手了……由于父亲的大胆放手，我很快学会了骑自行车。

就在我沉浸在对父亲的回忆之中时，突然间客厅一声轰然巨响，是不是放在客厅窗台上的青花瓷瓶打碎了？出去一看，果然是。这个瓷瓶虽不是"元青花"，但起码也是民国的，是祖上留给我唯一的古董。它在这个位置已经安然摆放了十多年，怎么突然间就让风给吹下来了呢？我突发奇想：是不是我写此文惊动了父亲呢？

当然，父亲也很严厉。我八九岁时的一个正月，父亲领我去老舅家。老舅在省城上班，正月里招待人抽的是带嘴儿的香烟。出于好奇，我偷偷装了一支。回到家后邀了小伙伴，在巷子里别人家的大门下，正学着大人的样子点燃抽的时候，脖梗里突然火辣辣的——父亲不知什么时候就出现在我身后，狠狠地抽了我一巴掌。

那时候农村有文化的人不多，父亲算是我们村的"能人"。谁家钟表、自行车坏了，父亲都给修理，因为父亲从小好"鼓捣"、爱看书（一本线装书，长大后才知道是《天工开物》）；谁家搪瓷盆、碗漏了，父亲给焊，因为父亲是有名的"小炉匠"——会锡焊；谁家的家具坏了，父亲给修，因为父亲还会木匠活；谁家娶媳妇聘打了新家具，父亲给油，因为父亲会油漆；我儿时的看图识字卡片，是父亲亲手绘制的；儿时的玩具，摇铃和万花筒，也是父亲亲手制作的，还有过春节写春联、糊灯笼，等等。父亲这个"能人"总是乐此不疲地为乡邻服务，赢得了大家的一致称赞。

父亲对于爷爷奶奶极其孝敬。父亲的孝敬不止表现在吃喝穿戴、下地劳作和话语上。在他回到本地工作的几年里，他也经常利用星期天，用自行车驮着爷爷到处找着看戏、赶集，竭尽所能地尽着他的孝道。

遗憾的是，父亲仅仅在这个世界生活了 33 年就因公殉职了，带着对妻儿老小的愧疚，带着对美好人生的深深眷恋，走完了他短短的人生历程。为父亲送行的当天,全村空巢,悲恸感天,一则为父亲,二则为爷爷,三则为母亲、我和妹妹。

28 年了,在父亲离我们而去的很多年里,熟悉我的人一般不敢在我面前提及父亲,因为听到这个词,我会无言地泪流满面……

父亲啊,父亲!

乡土人物

喷洒希望

阳泉　付润喜　摄

牧羊人

忻州市原平市楼板寨乡屯瓦村　陈永青　摄

晋中市左权县麻田乡尖庙村　邢兰富　摄

农家老妪玩 MP5

忻州市河曲县文笔镇焦尾城村　杨丽峰　摄

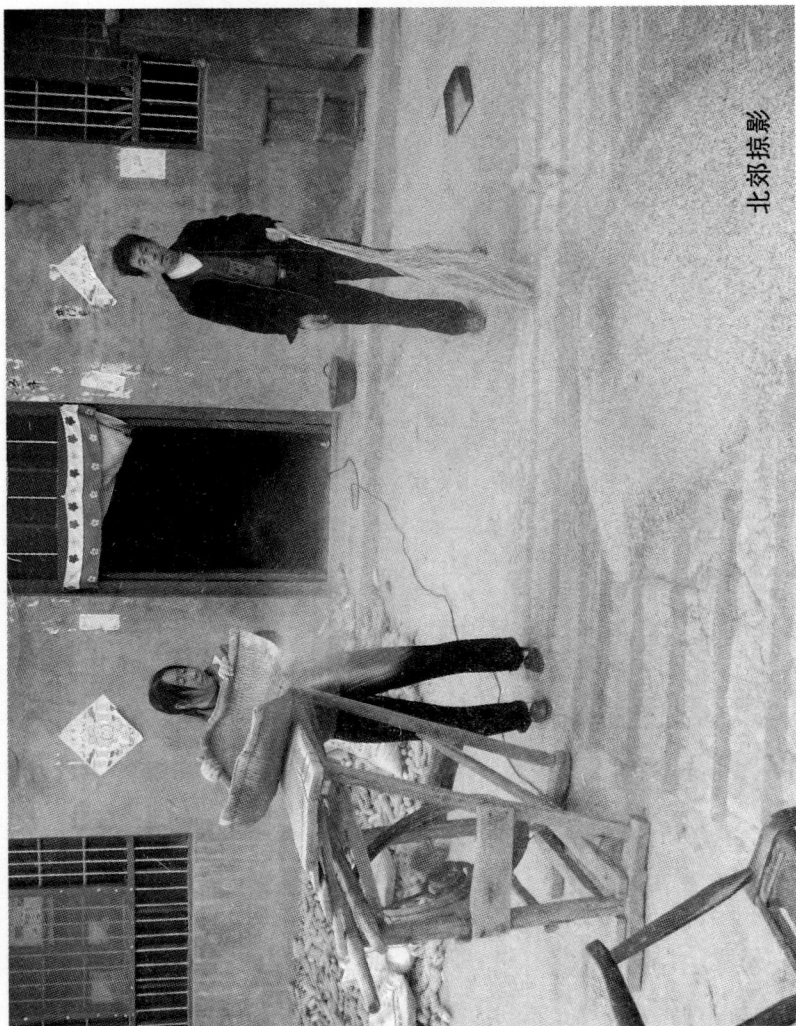

北郊掠影

临汾市尧都区大阳镇北郊村　任志佩　摄

小龙女扎根农村闯荡记

临汾市襄汾县襄陵镇西阳村　景冬枝

一

在很久很久以前,约距今 2 亿 7 千万年,地球上生活着一个庞大的家族,它们统治着海洋、陆地和天空,是名副其实的地球霸主——恐龙。

那时候,地球的气候温暖湿润,遍地是茂密的森林,森林里居住着各种各样的动物,所以无论是吃植物还是吃动物的恐龙都有享受不尽的美食。因为有了这么好的环境,恐龙一般长得巨大无比。最大的恐龙有 30 米长,体重达 40~50 吨,就是用现在最大的公共汽车也拉不动他们呢。当然也有一些小的恐龙,像细颚龙,全长 60 厘米,重 3 公斤,跟我们见到的鸡差不多。

随着地壳的运动和气候的变化,恐龙不能适应地球上的环境,这个庞大的家族很快从地球上消失了,消失时间为 6 千 5 百万年前。科学家们称之为"白垩纪结束期"。

霸主恐龙消失了,却留下了不灭的魂。

二

斗转星移,世纪轮回。公元 1964 年,龙魂几经波折终于悄悄地降临在一个农村家庭中。她温顺、乖巧,一点也没有祖辈们的霸气。当她会说话后,嘴里总是念叨着"龙,龙,龙……"。大人不解其意,见她叫"龙",就给她起名"小龙女"。

在小龙女的潜意识里,或许还保留着恐龙的影子吧。

三

小龙女上小学了。她处的那个年代,学生大部分的时间在排练节目,学习时间很少。小龙女性格内向,说话腼腆,却能歌善舞,她独特的舞姿吸引着全校的学生和老师,她和同伴经常被推荐到县里去演出。邻居们羡慕地说:"我们家要是有这么个女儿该多好啊!"听到这些,胆小、腼腆的小龙女只是浅浅一笑。

不久,国家恢复了高考制度,许多人开始鲤鱼跳龙门。小龙女自然不甘示弱,她埋头苦学,以优异的成绩考入了高中。她坚定了一个信念,一定要继续深造。期中、期末考试,她都是全班第一。那时,19岁的小龙女依旧保持着单纯的思想,学习,学习,再学习。

四

19岁是一个青春萌动的年龄。

有一天下晚自习,小龙女刚走出教室就听见有人叫她的名字,小龙女吓了一跳:"你是哪位?叫我干吗?"那人怯怯地说:"我喜欢你!"小龙女很快意识到自己摊上这事了。只听她大声叫道:"喂!喜欢我的听着,我让你回去喜欢你妈去。谁再敢喜欢我,小心我告诉老师!"那个年月,男生和女生根本不敢说话,那位喜欢小龙女的男生自然不敢再找小龙女。

排除了一次学习的干扰,小龙女顺利地升入高三,迎接高考。或许我们的小龙女太有魅力了,不久,又有一个男生向她求爱。她害怕了,心里这样想:这些人不想让我考大学了,怎么办?想了许久,终于想出了一个办法。

一天,她让别的女同学把那男生叫来。

小龙女问他,"你还考吗?"男生说:"我不考了,我考不上的,可我喜欢你。""你害我呀!我要考大学,我是一颗红心一套打算,别再找我了,再找我,小心告诉你妈,小心我在学校公开你!"

那位男生再也不敢找小龙女了。就这样,她参加了高考,第一次,太紧张了,7 月 7 号那天,天气炎热,她一上考场就晕倒了,醒来,半节课已过去。第一年的高考她没被录取。

五

高考失利,她并没有灰心,她继续复习,迎接第二次高考。

第二次高考来临,小龙女吸取前一年的教训,调整好心态,放松自己,进入考场。哪知考到物理时,疲倦急速向她袭来,她深知这是在考试,可咋也扛不住,终于昏睡过去了,一睡就是 15 分钟。监考老师急了,几次耐心地推醒她,她睁开眼,"我……"

想起来了,由于身体过敏,考前她喝了"扑尔敏"。

"快答卷,不然就来不及了"……

结果考试揭晓,低于录取分数线 10 分,小龙女被重重地甩出竞技场,她没有向家里人透露实情。快开学了,妈问:"你咋办?"小龙女说:"再让我复习一年,考上就念,考不上就……"她又继续复习,迎接第三次高考。

第三次高考揭晓,她的分数仅低于录取分数线 2 分。那年她已 23 岁,听到考分,她不说一句话,也不吃一口饭,欲哭无泪,想到了死。

她一个人默默地向村西的七一渠走去,她一个人坐在七一河岸上,闭上眼睛,静静地回忆着……回想起几年的学习生涯,回想起和同学们在一起的情景,回想起老师的谆谆教诲,回想起那两个被她斥责的喜欢她的男孩子,回想起父母的养育之恩,回想起……

就在这时,一个浑厚的声音打断了她的思绪,在耳畔响起:"你就想这样结束自己吗?你还知道你是谁吗?你难道忘了吗?你是龙,龙的传人!"

"啊!我——龙的传人!哦,我不会死的。"

小龙女的思想像被重新清洗了一番,她回头看到妈妈向她走来,"妈我没事,咱们回家吧。"

从此,小龙女回到了村里,也把根深深地扎在了农村。

六

回村后的小龙女已经 24 岁了,该谈婚论嫁了。而且,她这个年龄,在村里已算大龄了。

热心的邻居们听说小龙女不读书了,扎根农村了,登门介绍对象者络绎不绝,而且介绍的对象大部分是在外工作的。然而,凡是在外工作的,她一个也不会接受,因为她不希望自己的人格受辱。在她看来,自己是农民,就要找一个农民,但这个农民必须有一技之长。终于有一天,一个舞文弄墨的邻居,也是小龙女以前的老师,给她介绍了一个即将从临汾卫校毕业的本村小伙子,比她小一岁。

其实小伙子也是她的邻居,只是好多年没见面了。

小龙女的脑海中依旧是男孩子十几岁的模样。

老师或许担心怕小龙女不了解这个男孩,就给她讲了这个男孩子用医术救人的故事:周日的一天上午,老师忽然觉得胸闷,闷得几乎喘不上气来,幸好只有几秒钟。正好,那男孩子到他家串门,看见这情形,马上断定他患了心脏病,并让他孩子赶快去买药,口含的。等老师胸闷过去,呼吸平稳后,那男孩子告诉老师,你以后再也不要吃烟、喝酒了，你心脏有毛病了，是心脏病的早期。老师说，我身体这么好，咋会有心脏病呢？你小小年纪就吓唬老师吧！就这样，老师也没在意男孩子的话，平常还是吃烟呀，喝酒呀！终于有一天，同样的感觉又出现了，这次比上次持续的时间长，师娘忽然想起那男孩子的话，知道今天是周六，男孩子已经从学校回家了，就赶快让孩子去叫那男孩子。男孩子刚到家，还没来得及喘口气，听到消息马上一路小跑，赶到老师家。看到当时的情景，他惊呆了，老师太危险了！"快，叫我爸给我把银针送来，谁也别动老师，我来抢救。"银针来了，只见那男孩手持银针，定好位置，慢慢地行着银针，"管用吗？"师娘问道，"别说话！"男孩厉声说。

随着银针的上下抽动，老师终于苏醒了，看着男孩，眼里流出了泪水。

男孩知道，老师的情况仅仅在家是不行的，必须住院。他吩咐老师家的孩子先买液体，他先给老师输上液，然后坐车去医院，一刻都不能耽误，男孩子手举液体瓶一直把老师送到临汾某医院，这才放心。老师住了半个月的院，终于恢复了。

听完扣人心弦的故事，小龙女欣然接受了这个男孩子。1989 年 3 月 13 日，她与那男孩子走进了婚姻的殿堂。

七

小龙女结婚后，家里十分清贫，丈夫刚刚卫校毕业，二老又六十开外，还有两个妹妹未出嫁，刚毕业的丈夫从结婚的那一刻起就挑起了 6 口人的家庭重担，小龙女看在眼里，疼在心里。可刚刚步入社会就已进入家庭的小龙女什么经验也没有，怎样才能很快赚钱呢？

这时，小龙女娘家弟弟所在的供销社破产承包，听弟弟说，有好些女式牛皮鞋在仓库里,可以卖了再给人家钱。听到这个消息,小龙女就和弟弟说好,拿了 30 双,加入了摆鞋摊的行列。一集下来,卖不了几双,常常早出晚归,生意做得很艰难。有一次,小龙女吃过早饭,骑上自行车就出发了,眼看着天快黑了,她还没回家,婆婆和丈夫心里很着急,就在村口等,直到看见小龙女推着自行车回来了,他们才肯回家。

小龙女分析了鞋子不好卖的原因:质量虽好,但过时了,没几个人穿。摆了两个月的摊子,小龙女无奈只得收手。

八

摆鞋摊没赚啥钱,正好又迎来了黄崖第一次清明庙会。此前小龙女曾经到襄汾的龙澍峪一游,上山的人半路会口渴,很需要水,她觉得这是一个赚钱的机会,还没有人知道。说干就干,清明庙会再有两天就到了,小龙女进了 15 箱"健力宝"。自行车一次推不上,但她从来不求人帮忙,一个人借了一辆平车,拉上 15 箱饮料出发了,摆摊的位置就设在龙澍峪的峪口。一路上,没有一个摆摊子的,独家买卖,仅一会儿的工夫,15 箱饮料销售一空,可惜再没了。这次可是赚了一点儿。小龙女又想,还有六月十三的庙会呢,到时候多拉点儿。可到了庙会那天,当她拉上 40 箱饮料上山的时候,沿路就有五六家卖饮料的,看那阵势,小龙女一怔:糟了,今天的饮料怕是卖不了了!

果然,那天她只卖了 5 箱。

九

后来,小龙女家中添了一儿一女。

有了女儿和儿子的小龙女开始琢磨,丈夫是医生,自己为何不给丈夫当个助手? 于是,她自学《解剖学》、《传染病学》,可丈夫对她这个助手要求太严格,不允许有半点儿马虎,即使说错一个药名,他都会指责半天。小龙女实在忍受不了,心里很委屈,她心里慢慢给自己定着位。

机会来了。

有一天,别人叫公公去接生。公公回来后,小龙女问了问情况,并问自己能干了吗?公公说:"那你跟我学吧"。小龙女知道这需要一定的理论知识做基础,于是开始自学《妇产科学》,边学边跟上公公接生,接生了十来个孩子后,公公突然生病了,有人就来找丈夫去接生,她也跟着去。

后来,本村的一个岁数和她差不多的小媳妇也开始干接生,小龙女意识到,这个行业又有竞争对手了。这样的日子,让小龙女心里一直为自己定不了位而焦虑不安。终于有一天,小龙女下定了决心:当一名教师。

当她把想法告诉丈夫时,丈夫很不高兴,并且说"你挖我的墙角"。无论如何,小龙女把自己定位在教师一职上了。

说来也巧,小龙女这个想法刚一产生,机会就来了。

襄汾县教育局有一个通知,让全县的社会青年和队办教师参加8月份的统一考试,以补充师资队伍。小龙女得知这个消息时,人家表早就交到教育局了。于是她找到联校领导,问是否有这样的通知,联校领导说有,但不公开。"那您就给我一张表吧。"人家硬是不给,小龙女说:"是你们领导让我来拿的,给我张拓印的表。"其实她根本不知道他们领导是谁,就这样好说歹说,人家给了她一张没拓印的表。

后面的事情很顺利,主管领导毫不犹豫地签了"同意报考"。

第二天,她把表交到教育局,并买了60元的复习资料,全部是高中知识。回来后，小龙女看了看课本，制订了自己的学习计划。考试临近时，小龙女硬是啃完了复习资料，如愿以偿地参加了考试。眼看着9月1号学生开学了，考试结果还不知道。她去学校给儿子交学费，顺便问了一下校长，校长说，结果早就出来了，在某某某那里，你去看一下。她没敢耽误，找到那位某某某，人家说"没回来"。她纳闷了，又返回来问校长，校长终于对她说出了原委："第一，你是社会青年，不在岗。第二，你比在岗的教师考得分高，所以只有委屈你了。不过，学校现在还缺一位老师，你去找找村干部吧。"小龙女不知内幕，后来才听说人家村领导早安排好了，根本没她的份儿。她气不过，就找到两个为人耿直的村委员，放大话唬了他们几下，他们自知理亏，不敢乱来，就请小龙女进校了。

十

小龙女进校后，校长马上委以重任，代毕业班的课。"我能胜任吗？"校长好像看出了她的心事，说："不用担心，以你的成绩绝对没问题"。

"我究竟考了多少啊？咱们联校最高？真的吗？"

"我不会骗你的。你就好好干吧！"

从此，小龙女像是吃了定心丸，一门心思扑在了教学上。她深知自己在教学上还没经验，一边教课，一边请教老教师。她还告诉校长，哪里听课就让她去。校长见她虚心好学，经常派她到外面听名师讲课。小龙女每次听课回来都要仔细总结，取人之长，补己之短。那时队办每月工资100元，她根本不在乎，只为了自己学习好，教好学生。为了提高自己的业务水平，她参加了成人高考，并以优异的成绩被太原师范学校录取。

通知下来后，小龙女把录取通知书拿给丈夫看，丈夫很不高兴。

"你只管你自己,家里哪有钱供你去学习啊? 别去了吧!"

"只是寒暑假在襄汾进修。"小龙女说。

"问题是钱啊!"丈夫闷闷不乐。

最后,小龙女决定,"我专款专用,学校的工资,家里一分都不能花,你先撑着家吧! 委屈你了!"

三年的寒暑假进修终于圆满结束,她取得了大专学历证,业务水平也随之提高了一大截。接下来,电脑初级、高级技能的培训顺利结业,远程教育顺利通过……小龙女成了学校的骨干,尽管她在学校挣的钱最少。

<h2 style="text-align:center">十一</h2>

小龙女满腔热情地投入教育事业,把心思全用在了事业上,可是她的付出总是不能与收入成正比,连社会主义的按劳分配标准都达不到,看看身边不出力的公办教师,成天在学校混,每月还拿1000~2000元的工资,她心里很难受——100多元的工资挣了八九年啊。

为了改变尴尬现状,她决定到中学去应聘。一节讲课下来,她被聘用,工资比小学高多了,每月500元,当上了初一班主任,教初一数学兼生物。期中考试结束,她所代的班级在全年级四个班中名列第一。

为了赚到更多的钱,小龙女又接受了中学打印室的工作,她白天上课,晚上打印材料。中学里70多个老师,800多学生,教导处有教导处的材料,政教处有政教处的材料,老师给学生打印的题、卷子,等等,小龙女更加忙碌了,但生活渐渐好起来,自己的日子也越来越有滋味。

后来,为了照顾家庭,小龙女又回到了小学,一所三村合并后的德华小学。凭着各种硬件优势，小龙女成功应聘。她现在在德华小学代三年级数学、英语兼学校管理员，继续培养着一批又一批龙的传人。

一对愣兄弟

大同市天镇县新平堡镇新平村 王 瑞

"兰和昨天让电打死了。"

"真的吗？怎么打死的？"

"天气热买了个小吊扇，接电线时不懂得拉闸。"

"哎呀！到底是愣兰和！"

"可怜啊！一家人的顶梁柱倒了，剩下个老妈妈和个愣天和该怎么生活呢？"

"兰和可勤快呢，什么活都做。下饲料、卸水泥一天也不少挣钱，地里活赶着做，也舍不得花钱，给家里也攒了点钱吧。"

村里人们议论着。

兰和、天和是我们村一对弱智兄弟。他们是近亲结婚的牺牲品，父母是姨姊弟。他们说，亲上加亲更加亲。殊不知，他们的不明智给儿女留下了祸根。

兰和四十开外，天和也三十八九了，有时他们也说不清楚自己的年龄。

兄弟二人年少时就流浪街头。那时候，他们的父亲承担一切生计。兄弟二人成天往热闹的地方去，最爱的是去看戏或者看鼓匠，尤其是天和，还不时地学唱，成为大伙逗乐的开心果。随着兄弟俩步入青年、父亲去世，兰和承担了家里重担。看到他们生活困难，村里的一个亲戚就雇用兰和干活。兰和便常年以装卸为生，虽然看来苦点。他一做就是20多年，加上村里其他商户雇用，兰和几乎没有空闲。慢慢地，天和也加入了这个行业。

天和生性顽皮爱玩，干活不怎么专心，但很听哥哥的话。兄弟二人一直搭档做装卸工，活累点，钱少点，但也是自食其力。村里人也对哥俩刮目相看，说天和、兰和兄弟俩"都会挣工资了"。

前些年，天和受雇于我朋友的饲料经销处，专门给用户送饲料（跟着司机一起出去），走村入户，随时可以看到天和肩扛饲料送入用户家中，成天乐呵呵的，不时还哼上几句不成调的流行歌曲，闲暇时间就是看门。天和看门绝对可靠，就连我们常来的朋友也感到佩服。如果我朋友不在，看见你进入店面，他就告诉你："不——在——了啊，你——进个——做甚来，呵呵。"

天和说话的语气非常有特点，说话慢慢的，脸上总笑呵呵的，似乎从来都这样。我几乎很少看见天和买东西，兜里一直装有100元以内的零钱，虽然不多但常有。一般是买烟抽，有时候长达一个多月，那沓钱还在，没花过一元钱，因为我朋友经常给他烟抽。天和身上经常装着2元以下的烟，朋友开玩笑和天和要烟，他说："没——有了。"我们上去掏他的烟，他紧紧捂住装烟的口袋就是不让你掏，只有我朋友可以翻他的口袋，掏出以后假意分发给众人，天和那眼，吧嗒吧嗒的看着说了句："没——你——们的好。"大伙都乐了，说："给你哇，谁抽你的呢。"所以，大部分时间，天和抽的都是朋友10元以上的烟。

天和自从受雇于我朋友，衣服干净了，生活技能也大有提高。

到后来还能安装卫星天线架子、扫院子、擦地板等。也许是活没那么苦了,现在的天和也有点懒惰了,有时候叫他也不那么勤快了,有饲料要装车,他抽着烟说:"等——等,再——歇会——歇会。"一遇到村里有鼓匠来,他就不来上班了,缺点便暴露无遗了,何况弱智者呢。我朋友也曾不想用他了,解雇了几天。天和远远地站在朋友店面的不远处,想过来,又感到没脸面。几天后,朋友看在眼里,想起天和吃苦耐劳的优点,心里也有些过意不去。正愁如何处理此事时,另一个朋友过来说,他受天和委托,让他从中间"说合说合",天和请求回来继续工作,说一定好好干,不敢再偷懒了,等等。大家都感到意外:哎呀,我们的天和也不愣啊,都懂得找关系,让朋友帮忙了,而且还知道我们朋友间的"厉害"关系。这样,天和又开始上班了,这时候的他尽力地表现自己,不过没过几天毛病就又犯了,学会撒谎了,有时候居然把我们都骗过去了。我朋友也不再强求他什么,权当给天和一口饭吃,也算一份资助,一颗爱心。

兰和走了,没有热闹的场面,没有天和喜爱的鼓匠,没有见天和掉眼泪,天和哼着不成调的歌曲为长兄送行……

拣蝎子的"夜行淘金队"

忻州市定襄县宏道镇北街村　韩　彬

三伏天,在黑咕隆咚的夜里,不知情的外地人路过我们村外的山坡地时,一定会被满山遍野的流动着的蓝色亮光吓得胆战心惊。其实,这不是什么幽灵鬼魅,也不是惊悚的大片,而是我们这一带夜里行动的淘金队伍——拣野生蝎子的一群农村人,一支特殊的"夜行淘金队"。

队员们昼伏夜出。他们早早吃过晚饭,天一黑就穿起长裤、高腰胶鞋带着水壶、塑料瓶、或长或短的杆子、自制的夹子还有蝎子灯上山了,这支队伍或夫妻、或兄弟、或朋友、或父子,三三两两相继出发,开始了他们的整夜搜索行动。

队员们异常艰辛。酷热高温的夜里,他们必须穿起长裤长褂,行走在险峻的悬崖边、陡坡上。除了蚊虫,他们还要提防凶残的蝎子,因为蝎子大多出没在人走动的地方。漆黑的夜里,空旷的山野,微弱的蓝光,既要防备草蛇、蝎子的袭击,又得注意脚底打滑,以及顶上松动的土块石头。搜索过程中,队员受伤事件时有发生。

队员们也有窍门。比如向阳的山坡上蝎子多,有枣树的地方蝎子多,等等。队员们会经常交流经验,高手们会不断兜售他们的"作战经验"。

奔波一整夜,拣个半斤八两的就能卖百十块钱,这在村里确实算一笔不少的收入,也算是村里人致富的一个门道吧。或许出于好奇,许多放了暑假的学生也加入了这个队伍。

干旱无收,农民总要生活呀!

她有一条路叫"不屈"

临汾市曲沃县高显镇安居村　常东霞

漂亮的小霞在村里很招人喜欢,人生道路却荆棘丛生,命运多舛。

儿时的小霞漂亮可爱,人见人夸。她喜欢唱歌、跳舞,学习成绩总是数一数二,是父母和老师的骄傲。可是,她快乐的童年却很短。小霞8岁升入三年级,那年夏天连阴雨一直下了十几天,她每天穿着大雨靴走在泥泞的上学路上,脚竟然磨破了,又肿又疼。父母给她请了假,准备养好了再去上学。没想到,无情的病魔夺去了她的自由,从此她再也没能踏进学校的大门。

父母给她治病时,检查出她患了先天性脊膜膨出。随着身体的发育,神经受到压迫,影响了左脚。小霞在县人民医院做了脊膜缝合手术,半年后又把受影响的左脚做了手术。术后三个月不能下地行走,身体的负担全落在右脚上,她的右脚也渐渐内翻了。一年后,不得不对右脚也进行了手术。

12岁那年,她的脚再一次内翻,严重影响了走路。从未出过远门的父亲四处打听,听说北京某医院很有名,便带她去了北京。和小霞同一天做手术的姑娘,大哭着喊疼,让身边的父母手忙脚乱。小霞的父亲坐在病床边,看着插着钢钎的脚问小霞:"脚疼吗?"小

霞摇摇头。看到父亲露出轻松的笑容，小霞背过脸去，使劲咬着被角，偷偷抹去了脸上的泪水。

第二年，小霞再次到北京做融合固定手术，可是手术效果总是不够理想。父母的白发在逐日增多，为了给小霞治病，家里的积蓄花完了，还欠了很多的债。1995年，由香港慈善机构发起的"关怀行动"——为贫困孩子治病的消息传到父亲的耳中，父亲带着小霞去了省城太原，进行了第七次手术。从此，她终于丢掉了双拐，用上了小手杖。

康复以后，小霞多次向父母提出要去上学，寻找自己生存的道路，却一次次被父母阻拦了。父母怕她经受不了外面世界的风吹雨打。无奈，她只能待在家里，慢慢地学会了各种手工艺编织和针线活。

由于多次的手术，加上她不停的行走，脚又磨破了。她为了少让父母操心，就悄悄地用自备的小药箱上药包扎。这样一来，伤口半年都没有愈合，后来高烧一直不退，父母才知道了原因，到处为她寻找偏方。但长好了还是会破，父亲再次和她去了太原，检查过后，大夫拍拍小霞的肩膀说："姑娘，你的脚形成了骨髓炎，截肢吧！安上假肢也许会比你现在好，会减少很多的烦恼和痛苦。"大夫的话如同晴天霹雳，小霞终于哭了，她感觉自己就要崩溃了……她唯一的选择只有住院。经过一系列的术前化验体检之后，她偶然间从一位大夫那里听说了稷山骨髓炎医院专治她这样的病，便和父亲匆匆办理了出院手续，坐车去了稷山，半年的医治终于达到了满意的效果。

小霞19岁时，父母在本村为她找了个大她好几岁的其貌不扬的男人，懵懂的她不甘心命运摆布，坚决不同意。母亲语重心长地对她说："霞，别再要强了，找个好人就结婚吧，我们现在都还年轻，

可以照顾你,生个孩子还能帮你照看;等我们老了,孩子就长大了,我们才能放心啊!"在大家多次劝说下,她妥协了。

结婚的前一晚,她偷偷哭到深夜。

婚后第二年,她生下了一个可爱的儿子,儿子的到来带给了她很大的快乐,让她终于找到了自己人生的寄托。

面对生活中太多的不幸和残酷的现实,她也曾气馁,自暴自弃,每天出去打麻将来打发日子。然而好强的她最终还是决定自己寻找生存的道路,她不想一辈子窝在家里,把青春白白浪费。

她和家人商量后,决定去集市上卖包子。她和小姑子天不亮就起床和面蒸包子,一大早就骑上小三轮去市场上卖。她转了一圈又一圈,但一个也没卖掉,有位叔叔看到了她,说:"就你这样转到天黑也卖不掉一个,你得大声喊才行。"万事开头难,小霞终于涨红着脸喊了出来。由于她的包子很好吃,受到了顾客的喜爱,买卖渐渐好了起来。后来,她们又增加了酸菜面和臊子面一起卖,顾客越来越多。虽然特别辛苦,但是她干劲儿很足,因为她体会到了人生的价值。

生意越做越红火,可她还有苦恼,因为她必须有家人的帮助,她感觉自己连累了一家人。

第二年,为了不再拖累家人,她买了一辆三轮摩托,自己进了些日常用品,手工编织一些小饰品,跑到集市上去卖。一次遇上了雷阵雨,大风刮翻了她的货摊,她急忙收拾货品,还没有收拾完,大雨就将她浑身浇透了……

县城要举办一年一度的物资交流大会,她不想错过,就去租了摊位,连续十天起早贪黑,过度劳累的她晕倒了……要做成一点事,她往往要比常人多付出几倍的努力,但她从不退缩,她相信,有

努力就一定会有收获。

2004年秋,"阳光工程"帮助农村劳动力就业,她也报名参加了电脑培训。不管刮风下雨,她每天早到晚退,从不落下一天。她学得比谁都积极认真,很珍惜难得的学习机会。两个月培训期满,村里20多个年轻人没有一个安排就业,后来才得知,那是企业老板赚钱的一种手段。然而小霞仍梦想着能做打字员,她去多家电脑打字复印部应聘,都被拒绝了。她终于理解了残酷的现实——很多身体健康的年轻人,甚至大学生都找不到工作,何况是她这样行动不便的人?她决定重操旧业,每天到附近集市,继续摆起了她的小地摊。

小霞生意越做越红火,也积攒了一点钱,她就在村子里租赁了一间门面房,开起了自己的小店。化妆品、小饰品、日用小百货应有尽有,加上服务好,坚持薄利多销,生意越发红火了。后来,她又争取了本村为移动公司收费的代办点,虽然特别忙碌,但她感觉到了生活的充实!

再后来,通过山西移动公司介绍,她认识了"我爱我村网",在村网里遨游,她领略到了生活的丰富,让她有机会见识了社会的多彩。她相信,有坚持,有努力,人生会更加灿烂精彩!

守 望

临汾市曲沃县乐昌镇苏村 贾赵勇

"铛、踮,铛、踮……",年迈的脚步已经走得很吃力了,休息一下再走,老人就这样日复一日、月复一月、年复一年,烈日酷暑、风雨无阻,一走就是50个年头。

老人一生结了两次婚,生有三男二女,唯一搁不下的是她的小女儿。小女儿虽是个弱智傻儿,却是老人一生的牵挂……

老人今年87了,20多岁时生了这个傻女,傻女长到18岁时,老人将她嫁给了一个河南逃难来的孤身男人,凑成了一家人。就从那天起,老人从儿子家到女儿家,就这样来来回回不停地走着,有谁能想到这一走就是50来年啊!少则一天一来回,多则一天四五个来回。前几年,老人身体好,走路不算啥,可恨那老天不长眼,屋漏偏逢连阴雨,命苦人总是连着黄连根。老人病了,腰疼、腿疼。偶然,又摔了一跤,从此,一蹶不振,就撑上一个木方凳,开始了她的艰难行程。何时是个头,没有人能回答,老人身后的人们只是一声长叹,唉!

我劝老人说:"你老别跑了,年龄大了,身体也不太好,万一你再磕了碰了,不是给孩子们找麻烦吗?"老人说:"娃子,十指连着

心，娃是娘的心头肉，我把她生在世上，她就再傻、再憨，也是我的女儿呀！我心就是搁不下，我也不求别的，只求天天能看到她吃了饭，穿了衣，高高兴兴。她生的娃一天一天长大，上了高中，我就高兴得不得了，这是别人享受不到的呀！"

我听了，也不知怎的，想说又说不出什么，只是眼泪在眼眶里不停地打转。不必用过多的华丽语言来形容，这也许就是"母亲"这两个字的意义。傻女儿不知道什么是幸福，只知道她是她娘肚里生出来的娃，由着自己的性子，喜怒哀乐成天骂、成天吵，但她未必会理解"母亲"用她一生的脚步来偿还女儿这个冤债。

老人从不与人说跑得累与苦，从不与人说女儿骂她吵她，从不说女儿的憨和傻，只是每天就这样来回往返……有时我在想，也许老人是在期盼憨女会有奇迹出现，期盼外孙能考个好的大学，期盼女儿想要的幸福能够成为现实。虽然这只是我的遐想，但老人还会用她特有的方式守望女儿的幸福！

"铛、跶，铛、跶……"声音依旧，我目送着老人渐渐远去佝偻的身影。

石匠的生日

运城市稷山县稷峰镇马家巷村　马芳骥

上世纪五六十年代，人们磨面普遍都用的是石磨。磨上一段时间，石磨就要进行修理或是加工。

有一位石匠手艺不凡，加工出来的石磨，磨面时又快又细。谁家的石磨不好使唤了，都愿意找他修理。可这个人却有个吃嘴的毛病，过几天就想吃顿好饭。

一日，石匠到一农户家修理石磨，恰逢他老毛病犯了，就告诉主人，"我今天生日哩，中午是要回去的。"主人急忙说，"这还不好说，过生日就是该吃点儿好吃的嘛！来，我给你做"。中午开饭了，石匠理所当然地吃了一顿好饭。

第二天，石匠到另一个村子里干活，又耍起了花招，告诉主人说，"我本来今天是要回去哩！"主人急问，"今天咋哩，你要回去呢？"石匠略显不好意思地说，"今天我生日哩"。主人也知道生日的风俗，急忙动手给石匠做起了好饭。正在这时，她家的亲戚来了，问道："今天咋哩？还做好吃的哩？"主人说，"人家石匠说他今天生日哩！"

到了吃饭的时候，石匠回来了。亲戚一看，这不是昨天给我修理石磨的石匠吗？就问石匠："帮我干活的时候，你不是说你生日吗？你咋今儿个又生日哩呢？"石匠回答："我妈说我伢个（昨天）生日哩，我爸说我今儿个生日哩，我在我家就老过两天生日！"

最后一道风景线：乞丐"出串"

晋中市左权县寒王乡寒王村　马凤鸣

放学时间到了，我和以往一样，先到我们寒王村幼儿园的大门口，在学校保安的签名册里，找到我孙女的名字——马飞宇，在后面签了我的名字——马凤鸣，然后在教室和晶晶老师打招呼，领孩子走出幼儿园。

走到商店门前，见同学们都在买小食品，她也嚷嚷着要吃。天天这样，我已经习惯了，买了个2元的"巧乐滋"，孙女一边吃一边说："爷爷，我想看看'出串'哩！"

这一下，可是把我给难住了。我心里想："你看什么不好呀，看山、看水、看花、看草、看树、看电视，为什么非要看个'老讨吃'？"

这可是咱们农村的最后一道风景线呀！我去哪里给你寻找呢？

要说看"讨吃"，我小时候那才多哩，在街上差不多每天都有"讨吃"的踪影。他们大多数是家里发大水，或者遇上灾荒年，逃荒要饭来到寒王村的。

小时候经常听我父亲讲，解放战争时期，蒋介石为了淹死日本鬼子，轰炸了黄河花园口，但他的愚蠢办法把大批人炸成了残废人，淹没了河北、河南两省大批的土地，那时候的"讨吃"就多了。

再就是日本鬼子占领山西,老百姓为了活命,都往太行山里逃难,这个时期的"讨吃"也可以说是多得很。

现在,改革开放三十年,农村的日子赛蜜甜,没有办法生活的人们,政府都给他们上了低保,成了低保户,光棍也都送到了各个乡镇的敬老院去享福了,哪里还有什么"老讨吃"呀。

忽然,我急中生智,对孙女说:"好啊!我带你去看看'老讨吃'。"

我把她带回家里,打开电脑,在"我爱我村网"上寻找到 2010 年 5 月 8 日的图片新闻,看发在上面的内容。

在我儿时,就记着他,我已经 55 岁了,他还是这样,大家都问过他:"你今年多大了?"他的回答却是每年都一个样:"我 37 岁,属鸡哩。"

看来他永远是 37 岁了,我想他的年龄应该是靠近 100 岁了。寒王村人见他来了,就给他吃饭,给他钱。他最喜欢吃的饭是"条条饭"。他四海为家,走街串巷,饿了就吃饭,渴了就喝水,只要众人有饭吃,他也就有饭吃。

我们只知道他叫"出串"(外号,也叫永年),其实他的真实名字叫德传。姓什么谁都不知道,后来人们叫惯了,就都叫他"出串"。

其实,我们这里方言叫"蚯蚓",就是叫"出串"哩。可能是他到处乱窜的原因吧,就把这个绰号给了他。

那天,我好不容易碰到了他,给他拍了几张照片,刚好发在了"我爱我村网"上。这下,可以让小孙女看个痛快了。

看到这个图片,孙女说:"爷爷,不是,不是这个,我是看'出串'真正的人哩。"

我问她:"今天,你为什么非要看'出串'老讨吃呀?"

她说:"今天,老师说谁不好好学习,长大了就成'出串'了啊。

俺想看看'出串'是个甚样哩。"

在孩子的提问下,我陷入了思考,"出串"究竟是个什么样的人呢? 我忽然很想去了解一下这个人。

于是,我专门租了个车,一路走,一路问。

有人告诉我,他原来是左权县石匣乡申家庄村人。我打开电脑,查了一下行政区划,没有石匣乡,已改辽阳镇了,里面确实有个申家庄村。

我开车到了申家庄村,通过这个村的老领导打听到村里有个叫王云宪的老同志很了解这个乞丐(老讨吃),于是决定去拜访这位王云宪老人。老人今年 76 岁,现在退休在家,耳朵有点儿聋,和他老人家说话很费力气。

他告诉我,"出串"真名叫德全,姓王,我们这个村姓王的多,是大姓。他比我大两岁,今年 78 了。王德全的爷爷叫王二旦,在他爷爷的时候,他家很有钱;王德全的父亲叫王粮宝,在他父亲的时候,他家也很有钱。"

"为什么到王德全这个时候,他家没有了钱呢?"我问王云宪老人。

王云宪老人说:"说来话长呀! "

下面是老人讲给我的:

"1945 年,日本鬼子疯狂扫荡太行山革命根据地。有一天,日本人包围了申家庄村,把全村人都集合起来。日本人还带了翻译官,问村里人谁是共产党,村里的人谁也没有说。小日本恼羞成怒,把王德全他爷爷和父亲杀害了。临走,小日本把他家的房一把火烧了个精光。他叔叔和其他 8 个青年人被抓走了,从那以后就再也没有回来。那次悲惨经历把王德全吓傻了。在这之前他很聪明,他比我大两岁,我们小时候经常在一起玩。

他母亲因为这次悲痛的遭遇,被气倒了,再也没有起来。他唯一的亲人也没有了,成了无依无靠的可怜人。

一开始,是村里的大爷、大娘、叔叔、婶婶们接济他点儿,再后来,他自己就跑到外面去讨饭,可怜他呀!"

老人家一边说,一边流着眼泪。在场的人也都流着眼泪。很长时间,默默无语——只有眼泪。

夫妻逗趣

忻州市原平市楼板寨乡王家营村　段映珠

我家妻子一米六八的个头，苗条的身材。虽没有沉鱼落雁之貌，却也楚楚动人。可就是有一点——太"野"，嘴厉害。想当初，我选中她时，只为她那句"以后我不会跟你吵架"的话，以及她那妩媚动人的笑。于是，我放下男子汉的"伟大气概"，拜倒在她的"石榴裙"下。从那时，我就一直想，假如今后发生"战事"，我就用她这句话回击她。

没想到，婚后没几天，妻便"恶习不改"，把我当成调侃的对象。我的属相是孙悟空孙大圣的真身——猴子，再加上我生得浓眉大眼，还是双眼皮。而妻子呢，天生的单眼皮不说，又是典型的小眼睛。可是她经常嫉妒地称我为"猴眉鼠眼"。只要我一到书室去写作，她就说我钻进"猴洞"，想做"山中无老虎，猴子称大王"的美梦。

面对妻子在"边境问题"上的屡次挑衅，作为一个堂堂男子汉，岂能坐以待毙。于是，我不甘示弱，经常开展"自卫反击战"。妻子属马，我称她的被窝是"马圈"；妻子做家务时，本事不大，性子太急，往往搞得手忙脚乱，我便称之为"野马奔腾"；晚上走夜路，妻子胆小，便紧靠在我的身上，让我搂着她的腰前进，我便戏之为"马假猴威"。

我这个人不会逛市场选衣物,天生的癖好是买书。出差回家,一拉开包便是大书小书一厚摞。别说一件衣服,就连一颗钮扣,一根线也找不见。妻子一见,总是耿耿于怀,叽叽喳喳唠叨不休,不但翻出我以前的种种"劣迹"数落,就连我的祖先"孙猴子孙悟空孙大圣"也要搬出来加以评说。到这时,我自知理亏,却无改正的勇气。其实,我心里知道,妻子属于那种"野马性、豆腐心"的人,嘴上刁钻刻薄,不屈不挠,心里却是柔情似水,关怀备至。

有一次,我得了病卧在床上。妻子回家看见后,说了一声:"坏了,我家的'弼马温'要流行感冒了。"就翻箱倒柜为我找药治疗。不过,拿来的药物上面还用纸条注明:"猴药,专治猴病。"放下药便"马不停蹄"地奔到厨房。自然为我做好的饭就是"猴食"了。看一看纸条,再看一看妻子那忙乱的身影,我的心头随即涌起一阵温馨。

当然,生活并不是月圆柳下,当我们步入中年,沉重繁杂的工作和家务事,也会使我们夫妻两人发生一些"真枪实刀"的"战斗"。有一次,因为对儿子采用什么教育方法我们发生了争执,以至面红耳赤,各不相让。我不仅翻箱倒柜引经据典地找来一些"放之四海而皆准"的教育条款,还口齿伶俐地把她驳得"体无完肤"。在我"飞机加坦克"的重型武器面前,她败下了阵,伤了心,落了泪,并大有一触不可收拾的势头。于是,我感到过意不去,便主动套近乎:"别哭了,怨我今日太冲动,让你'野马落魄遭猴欺'。"妻子听后,破涕为笑。

娶上一位辣妹,就得不怕吃辣。回想我们十几年的共同生活,我与妻子的拌嘴,其实也是一种幽默。它像一种调节剂,在高兴时,使我们之间快乐无比;在烦恼时,使我们愤怒全无。我感谢上帝赐给我一位好妻子,我爱她,她更爱我。正因为有了这种纯真的爱,我们才有这种默契的争吵,我们的家庭才总洋溢着欢乐和温馨。

咱村里人闯世界咋就这么难？

——长篇小说《枣花香，槐花甜》选载

吕梁市临县三交镇史家洼村　张福荣

我们这些农村里长大的 70 后，虽说没有经过父辈的磨难与饥饿，但要生活，要活出人样来，真的很艰难。在市场大潮中，我们经过了艰难的传统耕作向多元化社会领域转型，也饱尝着被主流社会边缘化的折磨。这些伤痛，这些坎坷，这些不公平，时时刺激着我们淳朴的心——

16 岁那年，狗娃爸开始外出揽一些盖房子、修围墙之类的活干，村里跟他出去打工的年轻人越来越多。我也卖了那头骡子，跟哥哥一块到省城卖凉皮。

凌晨一点多，我们就步行 30 多里山路，坐上破烂的班车，开始了我们闯荡城市的创业之路。

经过八九个小时的跋涉，到省城后，我们看到满大街川流不息的车辆，打扮的和电视演员似的漂亮女人，挺着大肚子迈着八字步的胖男人，比在我们那儿乡里赶集都多的人，一对对手拉手的年轻男女，百货大楼里琳琅满目的商品，以及晚上闪耀的霓虹灯等，感

觉好奇又新鲜。

刚到省城第二天，借了比我早两个多月来省城打饼子的贵子的一辆连闸都没有的自行车，出去转悠。在密密麻麻的车流里，我不小心把一辆拉达车的反光镜蹭了一下，那司机立即暴跳如雷，指着我的鼻子大骂，并且让我赔500块损失。我掏出从家里带来过年都舍不得吃的一块多钱一盒的烟，陕西产的黄公主烟，操着他听不懂的家乡方言赔礼道歉。当我拿着黄公主香烟给那司机抽时，被他一巴掌打到地下，嘴里骂道："兔崽子不在山里呆着，跑我们这儿搅和啥来了？今天要是遇上社会上的几个赖小子，非扒了你的皮不可。"大骂一通后，他在自行车上狠狠的蹭了几脚，开车离去。

回到贵子那儿，说起蹭车的事，贵子庆幸地说，你幸运啊，遇上好人了，要不，那事肯定没完。他说，老家来省城卖凉皮的一老乡，推着装凉皮的铁桶，不小心划了一辆车后，遭到对方一顿暴打，并且在被勒索3000块钱后对方才罢休。听得毛骨悚然的我，以后骑自行车便格外小心了。

推着自行车，带着两个特制的装凉皮的方铁桶在居民区里转悠叫卖时，老大娘们会亲切地问起农村的一些事情，问我为啥不上学，然后同情地买上张凉皮，嘱咐一些小心之类的话。有些打扮时髦的人则鄙视的横扫一眼，然后仰头离开，好像他们在我们面前就是皇帝。有时候，我会遇上一些社会上的小混混，买了凉皮后不给钱，还说"老子吃你的是给你面子"之类的话诈唬一番。

我们房东夫妇是一对非常善良的中年人，每天下班回家后总要关心地问我凉皮卖得咋样，有没有受人欺负之类的话。偶尔，他们会让他们那儿跟我同岁、刚上高一的女儿端些大米、肉菜之类的饭，让我感动。

那个冬天,我买了一辆脚蹬三轮车,在体育馆附近给人送货,拉一趟三块五块。遇上大方点的老板,看见我岁数小,总会多给一半块的,一冬天下来,比那些跟狗娃爸做泥瓦活的大人还要挣得多。

那时通讯信息非常落后,山里没有电话,打工的住处又没法固定,自然无法接收信件。跟老家联系,只能是靠有回家或者出来的老乡来回捎话传信。于是,一有空我就满省城地打听家乡村庄的老乡,常常是谁回家或来省城就捎一大沓周围村里人的信件和大包小包的东西。

狗娃爸的活越来越多,人们由刚开始的农闲季节抽空打工变为一年四季除冬天外长期打工,狗娃也掌握了工地上的一些基本知识,帮他爸管理工人,收发材料等。年底,狗娃爸给狗娃买了一辆幸福牌250摩托车。正月那几天,狗娃每天用摩托捎上我跟狗蛋他们到邻村看闹秧歌,走到哪都会引来人们的围观、议论,羡慕之情溢于言表,人们看摩托的热情不亚于欣赏秧歌。

出外打工的人越来越多,村里也新修了一条能走开机动三轮车的土路。林祥叔也卖了他的骡子,买了一辆崭新的农用三轮车。我跟狗娃、二蛋他们都常年在外面,一年也就是过年和秋收的时候才能见上一两面。

狗娃19岁的时候,他爸就给他张罗着娶上了媳妇。狗娃媳妇比狗娃大一岁,是方圆十多里最漂亮的姑娘。狗娃丈人也和狗娃爸一样,几年前就开始揽工程,可谓是门当户对。狗娃两口子每天胶似的粘在一块,亲密无间,像一对热恋情人。也难怪那个时候,城里人是先恋爱再结婚,农村人却是先结婚再恋爱,两口子总得把激情释放出来吧。

狗娃结婚以后,事业蒸蒸日上。因为有他爸和丈人做后盾,在他二十三四岁的时候就开始自己带上工人到省城给一个建筑公司做事。老实的二蛋则成了他的铁杆助手,工地上的事情由二蛋全权负责。

我结婚后,由于媳妇是我们村里的代课教师,为了离家近点,我回到我们地区行署所在地开了一个粮油店。可能是选址不当吧,生意并不好,再加上竞争强烈,一年下来除了房租和各种税费外并无多少收益,年底只好把店盘出去。

我回村买了一辆三轮车,像林祥叔一样,在方圆村里收一些枣儿、黑豆、玉米、蓖麻之类的农作物到镇上卖,每到一个村庄先满村叫唤,告诉人们收购品种。然后找一块有槐树的地方,坐在树荫底下,等着人们过来交易。村里做生意一般都在下午和晚上,但务必赶早饭时就抵达目的地,刚去了人们互相观望,考虑价格是否合理,在几乎是全村人的讨价还价后,到天黑时人们看到你再不可能加价,才卖给你农货。往往一天下来,到晚上十一二点才能回家。

秋天,收了几万斤枣儿加工成酒枣,连自己家的一万多斤,一块儿拉到河北的唐山批发,一冬天下来居然挣了两万来块钱。第二年春夏还是搞农作物收购,秋天又开始到河北唐山贩枣。由于头年生意好,第二年枣贩子们无序地往唐山拉枣,酒枣大量积压,我拉的两车枣一冬天都没有卖出去,过年都没回家。除夕夜,跟几个同样也是卖枣的老乡蜷缩在唐山批发市场的免费旅社里,遥想着千里之外的家人,心情沉重。直到二月我们才把所有枣卖完,下来一分,不但没挣钱,还倒贴了一万多。

在家两年时间,虽然每天四处奔波,收获并不理想,只好返回省城继续卖凉皮。随着人们生活水平的提高,靠自行车推两个铁箱四处游荡叫卖已经没有生存市场,又没有多余的钱开门店,我便跟别人合伙包了一辆出租车,两人轮流着昼夜不停地跑。刚跑出租车时,由于路况不熟,不是走错道被交警罚款就是找不到捷径,绕了道,乘客拒付车费,几乎无利润可图。遇上喝醉酒和社会上的混混之类的,拉也不是,不拉也不是。一次,我拉了一个酒鬼,上车后不说所到的具体地址,只是一个劲地让往前走,绕了半天又绕回了刚开始上车的地方,唧唧咋咋骂了半天后,没付车费就下车离开,不巧他把手机落在车里,出于好意跑过去把手机还给他,可对方竟说我拿了他的钱包,拉住不让我走,要报警对方又不让报。面对一个酒鬼的无理纠缠,实在没有合适的解决办法。幸亏,对方的一个朋友看见,知道他经常发酒疯,才说服他让我离去。

根雕艺人王宝玉

阳泉市平定县娘子关镇旧关村　　王保柱

　　阳泉市平定县娘子关镇旧关村,有一个普普通通的家庭,72 岁的老党员、退休工人王宝玉和他 71 岁的妻子。因为热爱根雕,被媒体介绍后,远近闻名。

　　王宝玉 1959 年入伍,1962 年光荣加入中国共产党。三年后,他转业到我省地方兵工厂。7 年的军旅生涯,铸就了他坚强的性格,干任何事都有一股子韧劲儿,不服输。在工厂,他几乎年年当劳模,还利用自己的闲暇时间摆弄一些根雕。

　　1993 年退休后, 王宝玉有了更多的时间来施展他最爱的根雕雕刻技艺。如今,他的根雕作品已有一百多件。除此之外,他还爱好文艺。他自编自演快板作品多件,这些快板作品形象地反映了发生在农村的活生生的现实,将农民的喜怒哀乐直观表现出来,鲜活、生动,很受大家喜爱。这不,在他家的大门上,还悬挂有"十星级文明户"和阳泉市文化局颁发的"文化特色户"奖牌呢。

　　这是一位朴实优秀的农村老人,他是我们魅力村庄的楷模,是我们魅力村庄的典范。在他身上,我们看到了什么叫快乐。

跟风者

忻州市定襄县宏道镇北街村　韩彬

即使在纯朴善良,习惯简朴的农民中,也不乏不甘落后的跟风者。

俺村里有个年轻人叫刘二,勤劳,踏实,斗胜心却极强。看到别人买豆角,他就买豆角;别人买西瓜,他就买西瓜;看见别人买件衣服,他也不甘落后,急急买下。有一天,门口过来个批发雪糕的人,邻居的儿子儿媳过去买了两箱雪糕。他看见了,立马也跑过去,"照刚才那人拿的给我来两箱。"顺手就甩给人家 50 元。回了家,妻子看到气得哭笑不得:"100 多根雪糕,你能吃了吗? 人家有冰箱,咱没有。"刘二也急啦:"赶紧把雪糕放到咱家的地窖里,让孩子们回来好好吃几天。"

呵呵,乡下的跟风者与众不同吧?

担水浇地的大哥

忻州市定襄县宏道镇北街村　　韩　彬

午后的天气更加酷热,喝了两瓶水喉咙还在冒火。

车子爬上一段曲折的坡道后,进入了一个村子的田间小路,我看见小路边停着一辆木质人力车,车上拉着一个大水桶(用旧油桶加工成的)。一个体型瘦高的中年人挑着两只桶,从地边的果园里走了出来。

不远处的果树园翠绿一片,路边的玉米叶子被烈日晒得低下了头,干旱的黄土地被晒得发烫。这位大哥迈着大步,走到人力车的后面,接满两小桶水后,他用扁担又挑进了果树地,然后慢慢地把水倒进了树根四周围好的树坑里。原来,这位老兄在担水浇地呢。

这车水还是从远处的村子里人力拉来的。我知道,这车水至少要花几毛钱才买来。

连日的高温天气,已让这块本来就贫瘠的土地更加疲惫。他不忍看到自己心爱的庄稼被烈日烤得高烧、掉皮、枯死;也不忍看到自己苦心经营的果园丰收无望;更不能让这块赖以生存的土地因为少雨而失去生机,所以,他使出了最笨最原始最低效的方法——担水抗旱。

面对持久的干旱,他无奈,但很执著。望着他颤颤悠悠担着水走进果树地的身影,我由衷感慨:不管岁月如何改变,这位大哥始终没有放弃作为庄稼人的原始精神。

大舞台小角色

——小记信贷员老殷

临汾市曲沃县乐昌镇苏村　贾赵勇

说实话,全国数不清有多少个农村信贷员,但他确实是个小角色。远的不说,你看那各个股市董事长、各大银行行长等,就近处讲,信用联社社长、信用分社社长、信用站站长、信贷包片片长,最后才是这小小的村级信贷员。不假吧!

虽然他角色小,工资待遇低,但是他连着千家万户的心,老百姓存款不用跑城里,借钱贷款不用求人作难,只要他一身担就可以把事办。几十年如一日,风雨无阻,无所谓烈日酷暑,就这样一步一步走过来了。

他叫殷志刚,现年68岁,1975年加入此行当,当上了村级信贷员,他不急不躁,成天乐呵呵的样子,颇受大家的喜欢。哪怕是你送来100元,他也要往信用社跑一趟,给你把存条单拿回来,送到你家。就这样,整天跑东家走西家,收存款、放贷款,一年下来,存款达到5000多万,发放贷款450多万,神吧?

无论你是搞养殖还是搞种植、地里要买化肥资金不够还是想养头猪缺点资金，你都可以找他，他肯定会上下协调帮你解决贷款问题。有时，一件事来来回回跑个一二十趟，复印身份证、打印协议、家中看、抵产估值、送表格、找领导。就这样，从以前的补贴工分到后来一个月10元的补贴，直至今天的每月400元工资，他都坚持下来。虽然钱不多，但抽空种几亩地、外加前些年种植的6亩多苹果园，维持生计，养家糊口还是绰绰有余。

既要完成上级下达的存款任务，还要按时回收贷出去的资金，他的任务一点儿也不轻松。家里老婆孩子都劝他说，挣不了几个钱，还时不时因为借钱容易要钱难受气，何苦呢。更别说回收贷款时，得罪了人，老婆孩子跟着挨白眼之类的事总不间断，也让他有过短暂的动摇。不过，时间长了也就习以为常了。磕磕绊绊几十年过去了，人生就是这样。老殷头常挂在嘴边的一句话就是："人不要贪钱，人活着不是为了钱，要讲点贡献。"这也许就是他的信念和为工作一往无前的精神寄托吧！

有人问，老殷，你家苹果树买肥料了吗？他回答，过几天吧，这几天有几户贷款还没跑顺哩，人家还急着用呢。他总是把自己的事推了再推，推到实在无法再推时才办。"成天是忙，也不见你挣几个钱，饭也顾不得吃，东跑西颠的……"老婆又开始唠叨个不停。

可一转身，老殷已推着自行车出门，又进城办理手续去了……

吹熄灯是一样的

忻州市忻府区董村镇孙村　张来源

　　老万和是歇马村一个长寿的人。他去世的时候已经不知道自己多少岁了。但是高先生知道，他肯定地说，老万和今年整整 100 岁。老万和的儿子想请高先生为他父亲写一篇祭文，高先生却不肯，他捋了捋花白胡须笑着说："你爹是个嗨呵儿嗨，没写头。""嗨呵儿嗨"是句土话，含有不认真、不计较、瞎活、憨人、乐观、开朗的意思，很难用一个词或者一句话来准确地表述它的含义。高先生的话其实不假，老万和一生除了动弹就是吃饭睡觉，再就是唱歌、叨故事、逼茅子。实在是太平凡、太普通了。

　　老万和父母早亡，十几岁时就跟着一个叫"老墙头"的老汉学习打墙解板，学种地。也学唱民歌，叨故事。到老万和 26 岁的时候，老墙头得了伤寒症，他把自己的哑巴闺女叫在跟前问老万和："我不行了。我想把她问给你，你愿意不愿意？"按理说，老万和身高体壮、不丑不傻，怎么也不能取一个又聋又哑的女人。但是他笑呵呵地答应了。有人曾经问他为什么要娶个哑巴，他说："能生能养能做饭就够个女人，怎么就不能娶？"事实上他从来没有磕打过哑巴，哑巴也极尽妇道，他们的日子过得很和美很快乐。所以，老万和死后，人们又想起他说的那句话，"不说话就不吵架，听不见就由你骂。吹熄灯是一样的。"

老万和是村里最早的共产党员，但是他自己也不知道自己是哪一年入的党。新中国成立后公开了政治身份，重新登记党员。他说自己大概在35或者37岁时入的党。人们掐指一算是1933年或者1935年，是个老党员了。大家不相信，老万和就说，你们不相信就去问郝钉锅去，是他叫我入的。又问他为革命做过什么工作，他说，经常给郝钉锅吃荬子窝窝。郝钉锅是早年的地下党员，靠钉锅掩护身份从事地下活动。新中国成立后任共产党的第一任县委书记，后来联系他，他说："老万和确实是1933年的党员。他的贡献就在于我那藏有秘密信件的钉锅箱子放在他家从来没有出过问题。"大家见他有如此长的党龄，又有县委书记的背景，就叫他当村里的支部书记，但是他说什么也不干，他说，当干部不如我打墙解板歇心。因为他一年四季每天中午都要歇晌，天一黑就要睡觉，他嫌那个开会学习麻烦。说"还不如和哑子睡觉好活哩"。

老万和的饭量大，年轻时给人打短工曾经吃过一大锅荬子窝窝（忻州人叫高粱为荬子）。后来又创造了20个馍馍10个糕的记录。1958年村里大炼钢铁，村支书李二毛在黄土坡垒起八个土高炉，说要炼八百吨好钢；又在工地上办起了食堂，凡是炼钢的人每顿分给六个荬子窝窝。因为看火工最辛苦，李二毛就说："谁看火谁就量肚子吃饭。"老万和就主动请缨担任看火工，一日三顿，顿顿吃20几个窝窝，把肚子吃得滚瓜溜圆，脸上乐呵呵的。八个高炉兴师动众搞了半年，连4公斤钢也没有炼出来。人们就说："李二毛大闹黄土坡，老万和甩开吃窝窝。"

成立生产队以后，大家都吃不饱饭，只有生产队长是个很容易腐败的职务，尤其是可以随便向队里借粮食。这是大家都非常羡慕的特权。所以老万和不愿意当支书，却愿意当队长，而且不当正的专门当副的。他自己乐呵呵地说："我当副队长就是为了多吃菜能借粮。你们谁也别眼馋。千里居官，为了吃穿嘛。"这句话被"四清"工作队听到了，工作队就认为他有"四不清"的问题。组织人马一查，他在队里借粮的数字果然大得惊人。老万和起先不承认，大家也奇怪他不可能借走那么多粮食，可是每张借条都有他的盖章啊。他自己想了想，忽然笑着说："狗日们的倒日能哩。"原来他的戳子已经丢了好几年了。是大家拿着它向生产队借了粮，全记在他的名下了。他懒得把事情搞清楚，摆摆手笑着说"记上就记上吧。"但是工作队不相信一个副队长的手章会在社员中间流传好几年。又把他送进公社带有拘禁性质的学习班关了半个月。半月后大家问他学习班难活不难活？他笑着说："不难活。学习班就是歇歇班。生着洋炉子，睡着麦花子，管吃管住不用动弹，我还想再学习学习哩。"

老万和跟老墙头十几年，打墙解板种地的活儿学得并不好，马马虎虎而已。学得最好的是唱歌和叨故事。刚解放时文化馆来了个采风的女人，听他唱了三天三夜，还把他唱的《打肖白》和《哭二小》作为革命民歌发表在县里的小报上。他不仅会唱民歌，还会唱二人台，什么《五哥放羊》、《打樱桃》、《走西口》、《挂红灯》，等等都会唱。不仅有人邀请时唱，就是他一个人干活时走路时也要唱。有时坐在自己的炕头上唱给又聋又哑的老婆听。聋子虽然听不见，可是她见老万和唱歌时也会高兴得发出啊啊的声音。如此一来他就唱得更有劲头了：光绪年间刮了一场风＼刮的那碌碡悬了空＼刮的那毛闺女成了楞后生＼刮的那八十的老母怀了孕＼一怀就是十年整＼生下一个小孽种＼见了女人叫后生＼遇上娃娃叫外公＼赶着骆驼钻炕洞＼骑着公鸡下大同＼抱住乌云地上滚＼逮住旋风上天空……

老万和还会叨故事，他的故事很多，除了《三国》、《水浒》、《西游记》以外，还会叨《薛仁贵征东》、《五女兴唐传》、《隋唐演义》、《宋丑子的故事》。但是他不知道那么多的故事细节和人物特性，讲到女人，不论是潘金莲还是蜘蛛精，一律都是"生得柳叶眉杏花眼樱桃小口，十分好看。"讲到男人，不论是关云长还是秦叔宝，都是"七尺大汉，骑着红红大马，会使十八般兵器。""学大寨"的时候，队里吃"大锅饭"，记"大概工"。他领着社员们锄地的时候，人们想偷懒就逗大伯："老万和，叨叨吕布戏貂蝉哇。"他知道"狗日们的又想歇了"，就笑呵呵地说："锄到大树底下咱就叨吕布。"大家胡弄几下就到了大树底下，他就坐下来叨故事："吕布是个七尺大汉，骑着红红大马，会使十八般武器……"这样一歇好几个钟头就过去了。抬头一看太阳早过正午，大家就请示他："队长，老晌午了，回哇？"他一笑："狗日们的又日哄了一前晌，回就回哇。"

老万和还会逼茅子。茅子是土话，是厕所的意思。逼茅子是一种游戏，两个人玩。先在地上画一个大正方形，再分成九个小正方形。然后一方用小石头一方用小棍棍摆着玩，看谁把谁逼进茅子里。逼茅子是一种儿童游戏，可是老万和乐此不彼，一有空就寻人逼茅子。没人和他玩的时候就自己玩。左手摆石头右手摆棍棍，玩着玩着就呵呵地笑起来。那年，从副省长岗位上退下来的郝钉锅来歇马村散心，吃饱老万和的荗子鱼以后，两个人就在院子里玩起了逼茅子。玩着玩着郝钉锅就叹起气来，老万和忙问："咋了？"郝钉锅站起来拉着他的手半天说不出话来，最后感慨地说："老万和，你比我活得好啊！"

老万和确实活得不错。他从来就没有愁过难过，也没有气过哭过，他极像弥勒佛，光头、圆脸、大肚，成天笑呵呵的。春天家里快没粮了，他却笑着对人说："哑巴把烙饼子做的油大了，不如夜来的肉饺子好吃。"冬天没炭冻得睡不着，他却出来说："家热得不行，上火了。"没钱花了，他乐呵呵地说"存款没到期，怕坏了利息。过上两天再取哇。"大家知道他在吹，就说："你快不用日粗了，给咱叨上一段笑话哇。"他便笑呵呵地讲起来：从前有个老财，生了三个闺女，大闺女问给了教书的，二闺女问给了买卖人，三闺女却找了个种地的。大家谁也看不起三女婿。有一年老财过寿，大女婿就想为难为难三女婿。他说："今天咱老泰山过寿，咱们对诗吃饭，以助雅兴。谁对不上来，谁就不能吃饭。"二女婿小时候也念过书，不愁对诗就起哄说："好主意，好主意。"三女婿虽然不会对诗但又想吃饭，也没作声。大女婿摇头晃脑地说："教书育人，我不教书你们不知理。"说完就得意洋洋地吃起来。二女婿也不示弱说："经商发财，我不经商你们哪来财？"说完也高兴地吃起来。三女婿一字不识哪会对诗，憋得面红耳赤半天也对不上来，见他们都吃起来又气又急，就说："种地受苦，我不种地你们吃求哇！"

老万和不仅会说笑话，还会说大实话。他的大实话初听就像废话，可是细细一想觉得挺有些禅机，叫人想笑又笑不起来：四十五天个半月＼太阳上来月亮落＼冬天冷，夏天热＼凉了穿上热了脱＼饿了吃，渴了喝＼屙了尿了再吃喝＼黑了明，明了黑＼明了起来黑睡着……

老万和比哑巴老婆多活了十来年。他的死可以说是无疾而终。晚上睡觉的时候他说："哑子老婆想听我唱歌哩，我给她唱一唱。"说完就唱了一句："光绪年间刮了一场风呀们风……"一句唱完他就哈哈哈地笑起来。这一笑就再也没有醒过来。直到敛棺的时候他的脸上还是红扑扑的，一副笑呵呵的模样。高先生说："他乐活了一辈子。咱咋就学不下人家那个嗨呵儿嗨？"

吃水不忘"找井人"

忻州市五台县阳白乡大南头村　王艳丽

都说喜事年年有,呵呵,今年的确到我村!

我村——五台县阳白乡大南头村,全村 780 口人,虽不算风景秀丽,但在乡亲们眼中也是亲切可爱。特别是今年,我村喜事接踵而来:平整土地、绿化道路、兴办养猪合作社、粮食加工厂……最让乡亲们激动的是,我村终于打出了第一眼有足够水的井!

说起来也许你不信,我村以"干南头"著称,自古以来"打井"就是我村的一件大事,每一届干部竞选,"打出一口有水的井"都是他们最大的决心,可天总不遂人愿,每一次打井都以没水而告终。就这样年年打井,年年没水(每到夏天干旱季节,那水泵一天 24 小时连轴转,住在高处的老百姓都没水吃)。那没水的井一连打了十几眼,看着黑洞洞的枯井,村民们的心真的凉了,"我村根本就没水",人们私下议论着……

"只要有一分希望,就要去努力",新一届干部上任了,他们请来了省水利厅的五位专家。那时正值盛夏,太阳毒辣辣地炙烤着大地,可专家们不畏酷暑,一连几天起早贪黑,汗流浃背,背着沉甸甸的仪器踏遍了我村的每一寸土地,他们认真细致的工作态度,乡亲们都看在眼里。功夫不负有心人，就在专家们选定的地点上，我村打出了有史以来第一眼有足够水的井。这一下全村沸腾了，以前总听说"吃水不忘挖井人"，现在才知道"挖井人"固然不能忘，可"找井人"更加重要。如果没有先进的科学技术和水利厅专家们丰富的经验，就算挖再多的井也是枉然。为了表达我们的感激之情，在金秋十月，我村村长、书记亲自送上了"任劳任怨，一心为民"的锦旗。就这事，五台论坛上的网民们纷纷祝贺，都为"干南头"变成了"湿南头"而欣喜！

万事开头难，愿我村在打井成功的带动下，喜事越来越多！愿我村在党的政策春风吹拂下，四季如春！愿我村在新一届干部的英明领导下，迈向小康！

买小锅的老婆婆

运城市稷山县稷峰镇马家巷村　马芳骥

时值中午，一位 70 多岁的老婆婆从大街上走过来，问我们哪个商店卖小锅。这位老人我们都认识，是邻村的。于是我们便和她聊了起来。因为是邻村，又是熟人，老人与我们诉说了自己的不幸。

老人有 4 个儿子，一个给人家做了上门女婿。现在老人自己干不了活，在三个儿子家轮流吃饭，每家 10 天。轮到老三管饭时，家里没有人，她只得坐在门墩上等儿子和儿媳回来。等来等去，终于把儿媳妇等回来了。谁知儿媳妇不理她，也不说叫她吃饭。可怜的老婆婆只好动手揭锅取馍。

后面的话由于当时商店人多，我没听得太清楚。隐约间听见老人好像是说媳妇夺了她手里的馍什么的，后来听见老婆婆说自己被边扫地边责备自己的三儿媳赶出了家门。

"其他的孩子也不管管你三媳妇？"听她诉说的一位老婆婆问她。"谁敢管人家？"婆婆说。当问及自己的三儿子怎么也不管时，老婆婆无奈地说："也怕老婆呀！"看见商店又来了顾客，老婆婆起身离开，又去寻买小锅了。可怜的老婆婆，买到小锅后难道要自立锅灶？

　　看着老婆婆的背影，回想起老婆婆夫妻俩艰难养大儿女的情景，再想起老婆婆前二年喂牛、割草的辛苦，我感到阵阵的心酸。可怜的老婆婆，好人没有好运啊。什么时候，这些不孝的儿子、儿媳能认识到自己的不对，好好地善待老人呢？新农村建设改变了农村和农民的面貌，在很大程度上也提高了许多农民的素质，但是，什么时候才能尽快让这些还没有完全觉悟的农民真正醒悟呢？

冒雪而来的唢呐手

忻州市定襄县宏道镇北街村　韩　彬

　　唢呐手,即以吹唢呐为生的民间艺人,我们这里家家户户办红白事,都要请以吹唢呐为首的八音会队伍到场表演。

　　今天的天气格外炎热,我在村里遇上一伙为一家村民新婚庆典助兴的唢呐手,他们正挥汗如雨地吹奏着一曲激昂的《大得胜》。看着这些烈日下的唢呐手,我突然想起了那位冒雪而来的唢呐手。

　　去年冬天,朋友的父亲病逝,在出殡的前一天,忽然下起了一场几十年不遇的大雪,外村的亲戚也由于交通不便而不能来了。晚上十点多,雪还在下,有一尺来厚。这时,院子里进来一个推摩托车的人,是迟来的亲戚? 大家猜测着。

　　进了屋里,在明亮的灯光下才看见,这个人脸上、脖子上、嘴唇周围结了厚厚的一层冰,嘴也张不开了,大衣的扣子也解不开了,手也冻得没感觉了,直打哆嗦。温了好半天,才断断续续地说出他是离我们这 30 公里以外的一名唢呐手,和八音会班主说好今晚来参加吹奏的。我说,今天天气特殊,八音会又是七八个人,你离得远,这么大的雪你没来班主也不能怪怨呀。他是这样回答的,"咱不能言而无信,既然答应人家了,就得想办法来。我是推着摩托来的,雪太厚了,不能骑,所以迟到啦……"

　　一句简单的回答，却让他在我的眼中一下子就变得无比的高大。有人会说,他为了挣钱。我说,不是的! 简单的回答,卓越的人格!

心香一瓣

雪天捕鸟

大同市天镇县南河堡乡南河堡村　吴春来　摄

临汾市尧都区大阳镇北郊村　任志佩　摄

临汾市侯马市新田乡南西庄村　任建宏　摄

阳曲希望小学的快乐日子

晋城市高平市陈区镇郭家沟村　杨彦奇　摄

忻州市忻府区合索乡田家窑村　苏爱平　摄

老县长穿补丁裤贺婚礼

忻州市定襄县宏道镇北街村　韩　彬

17年前的腊月初三,在我家的老院子里,举行了我和妻子的结婚典礼。

唢呐声声、锣鼓阵阵,亲戚朋友都来祝贺。我喜悦的心情可想而知。但是,最让我自豪的是,我爷爷生前的故交——李县长也来参加我的婚礼。老县长个子中等、和蔼可亲、步伐矫健,干净整洁的裤子膝盖上,隐隐扒着两个本色的、圆圆的大补丁。在场的人悄悄地议论:老革命就是老革命,衣着这么朴素也难掩人家雷厉风行的威严。

老县长的形象我现在还记忆犹新,他的作为影响了我的人生观。

如今,偶尔走进政府机关想办点事,看到那些趾高气扬,凭关系、靠花钱当的官二代们,我就想起了老县长。

老县长的儿子只是个电影院看门房的。

宽 恕

忻州市忻府区曹张乡北曹张村　贺斌杰

　　20 世纪 40 年代，某年夏天的一个中午，在晋北一个不算太小的村庄，天气燥热。

　　老四毛的老婆正准备到院子里做点什么，一条巷子里老贺家的二小子赶巧来串门。于是老四毛的老婆就说："二狗呀，你四爷爷这几天不在家，草也没割下，你看那牛，肚也饿得板槽槽儿啦，俺娃要没甚当紧事的话，就牵上它出去给四娘娘放一放哇。"老实的二狗刚刚定亲，身上还穿着崭新的白洋布凉腰子，憨厚地笑了笑说："行了，四娘娘。"于是就牵上那头牛径直地向东面的村外走去。

　　一开始牛因为饿的原因，是被人拽着走的，当走到村边看到绿色的时候，就变成牛拽着人走了。快走到地畔的时候，人就已经被牛拽得开始小跑了。就在这时候，村北的嘴子梁上驻扎的晋绥军向南开出来了。看见前面牛拉着人在跑，就大声地喊："站住！站住！"可是因为离得远，而且被牛拽着跑，二狗什么也没听见，还是越跑越快。北面的晋绥军也一边向南跑一边喊："站住！站住！再不站住就开枪了！"可是不管他们怎么喊，二狗还是没听见，还是被牛拽着向高粱地跑去。只听见"啪"的一声枪响，二狗应声倒地。当村子里的人听到枪响赶到地里的时候,二狗已经躺在血泊里了。枪子儿是从背后打进二狗的胸膛又从前胸出去的, 可怜的二狗胸前被枪子儿拽了好大一块肉,形成了一个碗大的血窟窿。人们赶紧七手八脚地把二狗往村里抬,进村后把他放在了一个邻居家的大门过道里,用门板搭了一个临时的床, 又用一生平时不舍得吃的白面给二狗敷在伤口上。人们看到二狗虽然万分的疼痛,但眼睛睁得老大向四周趷摸着什么。人们终于明白了什么,赶紧派人到邻村去叫他未过门的媳妇。因为两村的距离比较近,大约半个时辰二狗的媳妇连滚带爬,哭喊着就回来了,当她走进大门口的时候,二狗深深地望了她一眼便撒手人寰,那年他24岁。不久二狗的媳妇另行改嫁了。最为可怜的是二狗的老父亲成山老汉,一个旧社会的佃农,为了两个儿子能够比他的光景好过一点儿,省吃俭用几十年买了70亩地,准备享清福的时候,竟然白发人送了黑发人。此后相当长的一段时间,成山老汉一直心灰意冷不再下地干活儿。

转眼到了文化大革命, 那个开枪把二狗打死的人被人们知道了, 此人就是本乡另一个村子的人。于是乡亲们给成山老汉出主意:把他揪出来,告到革委会,让政府将其镇压。成山老汉此时已近70岁了,把他的大儿子喜子叫到近前,饱经风霜的脸扭曲了好一阵子,然后说:"我想亲自杀了他,以解心头之恨! 可是咱的人已经死了这么多年了,杀了他又怎样,咱的人也活不了,都是人生父母养的。再说他当时也未必是就想要咱的命,也就不要告官了,如果告官,他是必死无疑。喜子,你把他叫来,我想拿上锥子狠狠地戳他几下,解解恨"。于是人们传话让那个人过来,那人因为怕告官,又知道成山老汉的想法无非是解一下恨,所以就来了。当那个人到了的时候,成山老汉本就壮硕的身躯立得很直,拿锥子的手臂举得老高,两眼冒着凶光,俨然要杀人。可是随着一声长长的"唉——",高举的手臂无力地垂了下来,老汉埋头蹲在那里"呜呜"地哭了,用拿着锥子的手无力向外摆着。那个人如获重赦,喜极而泣,深深地磕了两个头,走了。

文中人物

成山老汉:我的曾祖父

喜子:我的祖父

二狗:我的二祖父(我祖父的弟弟)

老四毛老婆:我家老宅的邻居

滑板启示

忻州市定襄县宏道镇北街村　韩　彬

父亲给我上小学的儿子买了个滑板,儿子很是喜欢,因为他的好几个同学都有了,而且他已经在同学那里学会了怎么玩。

儿子从早到晚在院子里练习滑滑板,不时还约几个同学来玩。孩子们站在滑板上悠闲而神气的样子,很是招人喜爱。过暑假了,让孩子多运动运动吧。

昨天晚上,儿子忽然问我:"爸爸,我的滑板底下怎么就没有灯呀?"我说:"有呀。那不是亮着吗?"原来,滑板上的灯是展示给观众的一点红光,只有人站上去才亮,滑板上的人是看不到的。

我对儿子说:"孩子,这个问题和做人、学习一样。自己的闪光点和缺点自己是不容易发现的。以后你要多听取别人的意见,才能发现自己的优缺点。"

"明白了!"儿子懂事地点点头。

光　头

运城市万荣县王显乡王正村　周秦选

小时候有两件事情是我最不情愿做的：一个是生病后打针，另一个是理发剃光头。因为疼，打针的时候少，而且我体质好，偶染小疾，吃个药片片就顶事了，偶尔打针，也不过是打个喷嚏的工夫尚可忍耐，但还是疼！遇到剃头可就难受多了。那时候，慈祥的外公外婆家也没有推子这玩意儿，外公那布满老茧的大手一手按住我的脑袋，另一只手拿着一把看上去明晃晃但用着不快的老式剃头刀给我理发，外婆则在一旁抓捏着我的胳膊。遇到疼，我虽然不像别的孩子理发、打针时那样杀猪般的号叫，但也会哼几声，两只脚会在小板凳上乱踢一会儿，这时外婆的手就显得更用力了。后来我才明白，他们不让我晃动是生怕在我头上弄个小口子，那样我就要疼上好长一段时间了。

再后来，我长大了，逢到天热或者估摸着一段时间里不需要出席注重仪表的场合时，就索性理个光头，图个凉快，头脑清醒。再说，自个也是个未曾做出伟大成就的平凡人，管他仪表不仪表。人家有成就、事业成功的男士，总习惯把上衣装在裤子里，下巴总是刮得铁青铁青，头发弄得乌黑油亮。我想这有腿的虫子要是爬上他的头顶也要站立不稳滑倒好多遍的。染发、洗发、护发肯定要花不少的钱和时间吧,也许这也是成功男士必要的投资?

光头是个环保节能的发型,基本上不用木梳,也省了许多的洗发水和护理发型的时间。尽管造型简单,但也自我感觉良好,还是蛮有个性的!罗纳尔多、葛优、德怀特·艾森豪威尔……都是光头。不过,我得意地对他人阐述我的理论时,万万不能让孩子妈听到,不然一定招致她的一顿责骂:"你能!你干成什么事情了?这么多年你没有钱没有小车没有……谁都比你强!"早些年我会争辩,后来渐渐习以为常了,为了搞好家中安定团结也就不吭声了。不过我嘴上不说心里是绝对的不服气:他有钱有势有车也许他还有二奶呢。事业成功的人容易头脑发昏,更容易被腐败、被双规、被法办、被拘押、被剃头,严重时被"打针注射"严惩。这样的痛苦是世界上任何人都不愿意看到的。

平静、自由、美好的生活是人生最幸福的事情!多少年来,我也曾经经历过一些有惊无险的身体上或者心灵上的伤痛,也理过记不清多少次的光头,但再也找不到孩童时代打针和剃光头时的痛感了。

人生结局

忻州市原平市楼板寨乡王家营村　段映珠

三板头死了,朋友们都去参加他的追悼会,我也去了,我想看一看昔日前呼后拥,吆五喝六的人,死后的风韵是什么?

他是被妻子花上钱雇人整了容的,这位昔日发誓"除他不嫁"、"永葆贞节"、"爱他天长地久"的女人,此时根本没有了往日那种温柔劲儿。她不再把兑好的洗脸水端过来为丈夫洗一洗脸,也不再用3万元从香港买回来的那把梳子替丈夫梳一梳头,更不再用自己那纤细的小手替丈夫按按眼皮捏捏肩。她只淡淡地对雇来的人说:"说吧,整好局长的容貌,你要多少钱?"这一句话,可能就是对三板头恩爱一生,最后将给她分得300万财产的最后交代吧!

儿子走下楼梯,看了一眼已经整好容的父亲说:"你们麻利点,火葬场的第一炉是属于局长的。"就这样,局长被人们并不小心地装进一口比较豪华的棺木里。尽管局长生前是个好人,是个对家庭十分负责的人,他没有对不起家里的任何一个人,包括他的前任夫人。吃苦的事,他一个人扛着;享福的事,他让给了每一个家庭成员。但家里那宽敞的楼房,那现代化的摆设,那有条有理的厨房,那舒适舒心的卧室,他都丢下了,他都不能再住了。他只能现在屈居在这样一个豪华但不属于他的空间。在他为儿子想方设法往回捞钱的时候，在他不怕坐牢，不怕开除党籍地收受别人贿赂的时候，他绝对没有想到自己费尽心机，挖空心思造出来的豪华别墅，竟不能安放自己的遗体。

车去火葬场时，路遇堵车。司机一个劲儿地按喇叭，但没有一辆车肯让。同行的一位政府官员感慨地说："往日呢？谁敢不让开？"其实，这话对了一半。不管你是谁，不管你位居何职，在你喝令三山五岳开道的时候，应该想一想死后靠谁去开路的问题。

因为车子停得不到位，火葬场的工人骂骂咧咧了几句，刚好被局长的儿媳妇听见。她猛地站起来，指着这个火葬场工人说："局长死了，你用不着了，可以骂她娘了。"没想到，这个工人并不点到为止，反而冲着局长的棺木"呸"了一口，说："那时他给我办事，我们是等价交换的。我给他钱，他给我办事，我们彼此各不相欠。"局长的儿媳妇翻了翻白眼儿，再也没说什么话，因为她知道，他公公生前做好了一切工作，包括家人们可能遇到的麻烦，但唯一欠缺的就是没想到自己今天的结局。

等到火葬场工人把局长的遗体从棺木中倒出来，准备送进火化炉时，局长的副手泪流满面地跪过来，他一把握住局长的手说："我不能让你这么便宜地走了，我得把我这些年的心思说给你。要不，你走了我该和谁去争斗。你的位置今天正式交给了我，这是你绝对没有想到的。你活着时，我最烦的就是你，你最怕的也是我。你怕我夺了你的权，就处处压制我。我表面上顺从你，在背后却没少给你使过绊。结果，咱们两个都活得很累。假如你能得意时淡然，失意时坦然，不和我争权夺利，你会这么早就进了烈火之中吗？局长啊，生前你创造了无数的财富，包括为国的，为己的，物质的，精神的,但此时此刻你只能带走这一身。你生前最爱我这个款式的进口手表,嘴里却没说过一次。今天,我看见你家人也没给你戴只手表。这样吧,我把这只手表给你戴上,也算做个相争相斗的纪念。"

结局就这么定了,聪明的局长生前可以斗来斗去斗败每一个对手,却斗不过自己的命运。撒手西去时,一切都是空的。

来时一身光,走时穿一身,所有的创造都是世上后人的。

这棵大树不能倒

忻州市忻府区曹张乡北曹张村　贺斌杰

中午参加一老同事儿子的婚宴，喝了点儿酒。下午，我在与同事海阔天空、胡吹乱侃时，进来一小老儿头——请允许我这么戏谑地称呼他——他与我的同事认识，同事称他老姬。

谈话间，我得知这老姬是中石油的一名退休干部，今年68岁了，而且已经与癌症战斗了数年。我看着眼前的小老儿头也就50几岁，哈哈地笑着，一点也看不出得了绝症的模样。

因为有熟人，他打开了话匣子，说他这样的癌症患者能有今天，活得就是一个良好的心态，性格要开朗、豁达。他说，最近得知一熟人病了，也是同他一样的重症，而且家里还因为两个女儿没工作，生活拮据，所以就不看病不吃药，就这样干耗着。他的观点是：人哪，有病就得治，你要正确面对，生病并不可怕。生老病死乃客观规律，不可抗拒，关键是精神不能垮。活着总比死了强，活着可以享受生活，享受亲情。

谈到生活和亲情，他话锋一转："就说我吧，也有电脑，但不是用来玩游戏的，我主要用于学习，有什么不懂的、不明白的，百度一下就搞定，尤其还可以求医问药，自得其乐。注意，老儿头在这里用的是"百度一下,搞定",这属于当今年轻人的时髦用语,其乐观心情可窥一斑。

老人感觉到了我们对他的崇敬、佩服,越发兴奋,说道:"我每天都会炒俩热菜,拌几个凉菜,再整点儿啤酒。儿子、女儿、孙子、外甥一进门,好家伙,你瞧家里那个热闹啊。美!惬意!"

这就是他所享受的生活,亲情生活。

他说:"这岁数,咱不能死,死了孩子们就没家了。为什么呢?咱一死,老婆岁数也不太大,总得找个伴儿吧。孩子们再进门,叫谁去?别扭啊,所以说没家了。"正是基于以上观点,他把得病后写的一首诗拿给了那位熟人的女儿,并一再嘱咐:"一定要让你爸爸看看,他会明白的。"

老人临走时把这首诗和另外一篇《退休十不要》写了下来,今就献于读者,与大家共享——

这棵大树不能倒

我是家中一棵树,树干不粗顶梁柱。

柱子不倒屋不塌,只要我在就有家。

老人有家享天年,老婆有家就安全。

儿女有家就温暖,这棵大树不能倒。

退休十不要

1.不要想不通;

2.不要看不惯;

3.不要发牢骚;

4.不要没事干;

5.不要给领导出难题;

6.不要给子女添麻烦,

7.不要传闲话；

8.不要学懒汉，

9.不要忘记学习；

10.不要怕死。

雨中的鸟

运城市稷山县西社镇仁义村　赵湛荣

秋雨淅淅沥沥下了一个星期了,没有停下来的意思,许多人的心情,渐渐从最初的喜悦转为烦躁。

待在屋里感觉很闷热,于是搬了凳子坐在门口,敞开屋门迎着那一股股凉风,欣赏细密的雨丝"哗哗"落地……忽然,一声凄厉的鸟鸣划破雨声传入耳际,吸引了我的注意了。

一只麻雀自北向南,冲着往北的雨帘艰难地振翅飞翔,雨丝毫不留情地击打着它的头、躯干和翅膀,决意要它倒下。它却执拗地、拼了命地毅然向南。看到它的样子,我忽然寻思:这鸟为何如此执著,干嘛不等雨过天晴再出来?是有小鸟嗷嗷待哺?太多疑惑在脑中一一闪现,待回过神,它的身影已消失在了茫茫天空中。我的心,也一下子变得空落落的。

曾看过这样一段文字:"对于无望的追求是不是就是希望?明明难以企及偏又锲而不舍,这种力量尽管充满了悲剧意味,却是人类最富足的财富。"那么,这只麻雀在追求什么?我的追求又是什么?对于追求,我们是否有像这只麻雀一样的勇气?

我们都曾追求过理想,可随着时间的推移,在残酷的现实面前,很多人放弃了,淡忘了,不再谈理想了。当理想被问及,个个避而不谈,或者支支吾吾地说:"你还小,太过单纯,啥事都想得过于天真!"

我经常那样反驳:"容易干成的事还能算理想?理想要能顺手拈来,世上哪会有'死不瞑目'?"

我的理解是,人生是个艰难的拼搏过程。理想,应该成为生命的终极夙愿。如果因为一次失败而放弃追求这夙愿的决心,那么你的一生注定要永远失败。一句歌词唱得好:不经历风雨,怎能见彩虹。彩虹虽美,须经受风雨洗礼;成功自豪,须经受住一次次的失败才能换来!

雨中,我看见鸟儿依然在飞。

它不因为一次次失败而气馁,它更像一个百折不挠的虔诚斗士。

雨 天

太原市娄烦县天池店乡南岔村　尤同义

秋天到了。

灰蒙蒙的天被浓重的雾笼罩着，看不见远方。气温陡然下降，让穿着夏装的人们猝不及防。人们开始增添衣服，我自然也不例外，顺手添了两件。晚饭时，我听见窗外的雨淅淅沥沥地下起来了。随之而来的秋风吹打得窗户"嘭、嘭"作响。整整一个晚上，滴滴答答的雨声令人难以入眠。雨天的乡间安静了许多，只听见雨水顺着房檐泻下来，击打着地面上的脸盆，叮叮当当。我被困在屋里整整一天半了，渐渐心生烦躁。原本想借着秋高气爽吸收些阳光，曝晒一下自己的忧郁。结果，这雨像要和我专门作对般，稀稀拉拉下个不停。不如就因时应景，以雨作话题，随兴所至，做一番"自由漫谈"吧。

看着洋洋洒洒的秋雨，我陷入了回忆。童年的我对雨十分钟情，不论瓢泼大雨，还是细细碎碎的小雨，都可以激发童心，引来欢快。置身雨季，我总有无尽的快乐和欢笑。我们几个小男孩相约出去，总喜欢冒着雨撒野。或挽起裤管，去小河里捉鱼；或站在自家的屋檐底下，挖一把泥巴，用小手搋成各种条形，再捏成一个泥娃娃，用红豆按上眼睛，在窗台上摆一排，蛮有开玩具店的乐趣。就这样，大家还嫌不带劲，干脆去泥潭里玩泥，撑把油布伞，带顶烂草帽。看看谁家门外的水大，水多。几个人肩并肩，光着脚、扑通扑通地趟过院子里的小水流。有时候，一不小心大家会跌个仰面朝天，沾了满身子的泥巴，像个小泥鳅。该回家了才发现满身的泥巴，老师布置的作业还没做，心下发慌，为了躲避父母责骂，东躲西藏在朋友家，晚上都不敢回家。父母急坏了，全家上下齐出动，满村街巷吆喝。看到实在无法躲避，我们才缩手缩脚地出来跟着大人回家，大人们也并没有更多的责怪，只是告诫我们不能太贪玩了。

一到下雨，平日忙活的家长们，就可以美美地睡个好觉了，犒劳一下疲惫的身体。闲下来，不管蹲在谁家的门道里，都会有下棋的、唠嗑的，三五成群，凑在一块吧嗒吧嗒地抽一锅旱烟，泡一碗浓茶，谋划谋划明天的活计，讨论一年的收成，讲讲广播里的事，说说新闻。那时，村里笑声总是一波波泛起，一直传得很远。那时，也是我们孩子们最快乐的时节，大家这儿瞧瞧，那儿瞅瞅，装模作样地站在人群堆里，逗逗这个叔叔，揪揪那个爷爷，泥鳅般钻来钻去。如果晚上停电，大家便点起煤油灯，听着雨涟涟的声响，宿在被窝里翻跟头。翻得累了，不知不觉就睡着了。

今天，外面还在下着雨，看着窗外淅淅沥沥的细雨，我情不自禁地想起过去的日子。那时的我，简单、自在、快乐、纯真，而那些属于童稚的日子、清净的日子、质朴的日子，已经一去不复返了。今天的我们被迫生活在物质生活的阴影里，身不由己。

有理也得让三分

运城市稷山县稷峰镇马家巷村　马芳骥

昨天我村逢集，一位妇女买了 5 元钱的油桃回去了。

一会儿，她又提上油桃出来了，说桃没给称够，可又说自己已经吃了。卖桃的坚持认为自己称够了，不会缺斤短两。不管怎样，卖油桃的总是出门人，不管是什么原因，又给她加了几个桃子递上，可这妇女就是不要桃子，卖桃的只好把钱退给人家，偏偏该妇女也不要钱，还骂旁边的人"添沟子的说好着哩"，说完转身走了，闹的卖桃人好不难堪。

一邻居为了了却此事，又从卖桃的筐子里拿了几个桃子加到塑料袋里，撵着给妇女送去，她还是不要。最后还是让一位和她儿子关系好的，也是搞蔬菜生意的青年出面，把桃子递给那妇女的女儿，让女儿把她拉了回去。

事后，卖桃的回忆说，人家买的时候就好像不想要，不知道是咋的还是买了。该是人家反悔，不想要了，就来找麻烦了？

了解情况的人纷纷议论，这个人有俩钱就好像自己是大爷了，你就是再有钱，也应有个理嘛！人常说，有理也要让三分。

仰望星空与脚踏实地

阳泉市盂县仙人乡外山南村　胡　彦

　　从小到大我都遵循老老实实做人，脚踏实地做事的原则。到了成家的年龄，父母托人给我介绍了好几个对象，可是没有一个成的。直到有一天一个女孩告诉我："当别人说你好，说你老实时，同时也就是在说你傻。"于是我似乎明白了一些。

　　多年以后的一天，我偶遇中学时的一位女同学，她在带着她两岁的小孩玩，而我还是孑然一身。她说："你看起来没有变啊，应该成家了吧？""我这样的人，谁想要啊？"我回答。她又问："刚刚毕业那几年我们见过几次面，你记得我对你说过什么没有？""你说过几次有空到你家玩。""你是怎么说的？""我只说我很忙顾不上，那年我们家盖新房，的确很忙，有什么不对吗？"她没有再回答我，只是说了一句："你呀，让我怎么再说呢？"然后就笑得眼泪差点出来。回到家我突然明白了，于是就一个人喝着啤酒和着眼泪，唱着《同桌的你》……

　　中考失利准备回家时，班主任老师对我们说："农村广阔天地大有作为，希望的田野上也可以干出一番事业来！"可是我辛辛苦苦种了几亩地，即使是大丰收的年景也只能够勉强维持一家人的生活，实现小康只是一句梦话。和我同龄的人已经没有几个还留在村里了，更不用说比我小的，现在已经没有人愿意做农民了。我初中的一个同学，上学时就是学习成绩、思想品德最差的一个，毕业后一直在社会上混。可是人家现在竟然在乡里的某政府机构任职，做了公务员。

前不久我加入了我爱我村网，做了一名村掌门人。感觉加入村网最大的好处就是结识了好多可以推心置腹交流问题的朋友，其中有掌门人，也有村网的工作人员。当我问大家为什么脚踏实地做事的人比不上轻轻松松走捷径的人的时候，他们会告诉我，"做你自己，走你想走的路，做你该做的事"；"当你不能改变世界时，就试着改变自己吧"；"做事情不要苛求所有的人都认可你，那样你会很累的。"……所以，我很高兴做了一名掌门人。

今夜仰望星空，我浮想联翩，但更多的是想看看今夜的星星多还是少，星星少可能就要下雨，这一段时间庄稼又有些旱了。明天我也一定会脚踏实"地"，该做什么就做什么去。忽然想起来有块地该锄草了，再不锄，地就要荒了……

兄弟别怄气，吃亏的是自己

忻州市定襄县宏道镇北街村　韩　彬

在一个偏僻的小村子里，同时来了两个卖西瓜的。一个开着农用三轮车停在了村东头，一个开着一辆破旧的手扶拖拉机站在了村西头。两个人各自摆弄着自己用辛勤的汗水换来的西瓜，吆喝着：卖西瓜喽，卖西瓜！

响亮的吆喝声引出了小巷里玩耍的孩子们，他们探头探脑地到各家各户奔走相告：卖西瓜的来了。不一会儿，两个卖西瓜的车边围满了准备买瓜的人。"都是三毛钱一斤，大家仔细尝一尝，看看买谁的。"一个村民说。

几个精明的妇女开始在两个卖瓜的之间走动，仔细品尝，比较起来。不知是开手扶拖拉机的瓜甜，还是瓜大。人们都偏到了村西头。开三轮车的年轻人眼睛瞪得老大老大，瞅着人们把一袋袋西瓜扛回了家。急了，问一个拿着瓜的妇女："大嫂，怎么不买我的瓜？""人家的便宜，两毛钱一斤。"这位妇女随口回答。年轻人有点生气："西瓜的行情都是三毛钱，两毛钱还不够本呢，他如果两毛卖，我就一毛一斤啦。"

西瓜一毛钱啦！人们蜂拥而上。没过几分钟，三轮车上的西瓜已是一个不剩。

年轻人坐在路边的大石头上整理着毛毛块块钱,才200多元。昨天冒着酷暑在地里摘了整整一个下午西瓜,今天天没亮就出发,开着三轮车跑了60多里路,现在还没吃早饭呢。

兄弟,别怄气,到时候吃亏的还是自己。况且那个人是不是两毛卖的还不一定呢。自家地里的东西,咋卖了也行!该咋说呢?

咱农民遇到事情还是需要冷静,想想清楚再办也不迟,社会在进步,咱们农民的头脑也该更加活泛些不是?

现在的农民,光会种地,光会受苦可不行啦。

小时候的游戏

忻州市定襄县宏道镇北街村　韩　彬

　　记得小时候,我们几个小伙伴一下了学,扔下书包,就冲到野地里,找下"子弹"(一些小石头和土丸),装满裤兜,然后就和其他村的"敌人"打起仗来。那场面石头乱飞、尘土飞扬,勇敢的孩子们还顶着石子猛冲,直到对方吓得逃跑或者举手投降才肯罢手,真有点血雨腥风的味道。那时,被称为老大的是那些头上包着白纱布、满头伤疤还勇往直前的人,我还被打伤过几次。这就是游戏"开火"。

　　到了晚上,我们就玩"捉迷藏"。隐藏地点是秸秆柴火堆里。有时我们钻得很深,自己也一下出不来,结果大家一晚上也找不见。总之,满脸灰尘,一身泥土,穿着打了十八个补丁还露肉的流行裤子,一个个还乐呵呵的,很高兴呢。

　　后来,这几个游戏不知是因为不少孩子受了大伤害,还是躲在秸秆里被火烧坏了吓的,还是在大人们的管教下不敢啦,还是我们长大了,渐渐的,就没人玩啦。

　　二十几年过去啦,看看现在的孩子,穿着名牌,一天换一身衣服,游戏也改成打羽毛球、玩电脑、看动画片……

　　应该承认,现在的孩子们比那时的我们幸福多了,已经为人父母的我们由衷地为他们感到高兴。

相　亲

运城市稷山县稷峰镇马家巷村　马芳骥

现在一看见年轻人结婚，就想起我 30 多年前借了件旧衬衫去相亲的景象。

那是 20 世纪 70 年代中期的事儿。当时人们都还是靠挣工分吃饭，大部分家庭都是短款户，我家也不例外，并且还是多子女家庭，生活过得匝匝紧。一件衣服常常是老大穿了老二穿。我当时已 25 岁了，还没有结婚。

夏季，吃过早饭的一天，邻居董大妈跑过来告诉母亲，她为我介绍了一个对象，而且已经和女方说好，中午下了工就过来相亲。母亲当时既高兴又着急。高兴的是，有人为我介绍对象了；着急的是，仅仅两三个小时后就要相亲了，我还没有一件能穿的新衬衫。想做一件新的，时间又赶不上，妈妈和哥嫂产生了到邻居家借新衬衫让我去相亲的想法，可又怕邻居们知道了笑话。

没办法，母亲只得叫嫂子从箱子里拿出哥哥穿过的一件旧白衬衫给我，粗一看还说得过去，就是袖子有点长。好在当时是夏季，我把袖子挽了起来，一来不显得长，二来还遮住了袖子上的黑点。正在这时，董大妈过来叫我，说是女方就要来了。我急忙跟着大妈走了过去,想在女方到来之前,先坐到大妈家隔墙外面的椅子上,这样就不会显得自己穿得寒碜。可刚坐下一回头,就看见她们母女俩已经进了正屋。

说实话,我当时的寒酸相还真担心人家不愿意,可又不好意思直接问,只好默默地等待着董大妈的回信。大约过了20多分钟,大妈总算叫我,说是女方愿意和我相处,并说好两天后我俩到县城游一游。这时我的心里才踏实了,总算没有空欢喜一场。

两天后,女方如约和我在汽车站碰了面,并给我带来了她家自己泡制的酒枣,我总算看清了她的"真面目",样子不算太好看,但配我这样的条件还是绰绰有余。一路上我们又说又笑,互相感觉都较满意。后来,我们就组成了现在的家庭。

相比现在年轻人,那个年代的相亲多么简单。但是,不管简单或是隆重,两个人的幸福才是最重要的。

我为哥们儿编婚联

忻州市忻府区曹张乡北曹张村　贺斌杰

2009年,我多年相处、关系很铁的一对哥们儿和姐们儿要结婚了,并且要趁着结婚乔迁新居。

有情人终成眷属嘛,众家弟兄很是高兴。于是就想着为他们的新婚做点什么,商量过后,兄弟们根据自己所长各领了一件或数件差事,诸如买烟、购酒,等等。我呢,虽不会"弄墨",但平时喜欢"舞点文",所以就自告奋勇地说要负责婚联的事情。这事呢,我要了一点"小聪明",没把真实的想法告诉其他弟兄。其实就是想自己编纂、请人代写几幅,这样一则寓意深刻、意思贴切,二则可以增添喜兴,表达一下兄弟们的恭贺之意。

第二天,我就"一本正经"地在自己的写字台上摆好纸和笔,开始酝酿关于他们俩的婚联。新婚加乔迁的对联嘛,横批可以信手拈来,如:喜气盈(临)门、双喜临(盈)门、可喜可贺、双喜同贺,等等,上联和下联的内容可就要好好琢磨了。我首先为他们的新房门上编了一幅:

喜迁锦堂双璧合　乐迎玉树万枝荣

"喜迁锦堂双璧合"不用作解释,我想各位都能理解,"乐迎玉树万枝荣"呢,是因为那几天本市普降瑞雪,大街之上所有的树都落上了厚厚的如玉一样的雪花,颇为壮观;再者就是寓意他们为人类最伟大的事业——繁衍生息作贡献。在编写第一幅的时候,我突然想到了历史上有很多的"嵌字"和利用典故的对联,所以就想尝试一下。故事的主人公,男的姓韩名昶林,女的姓肖名涛,于是几经斟酌又得一联(结婚当天贴于他们的楼门之上):

想当年萧月下追韩共同谋大业

看今朝韩堂上迎肖携手展宏图

此上联本人用了"萧何月下追韩信"的典故,下联我想列位看官就更明白了,就是男女主人公要办之事和今后的展望了。有了前面的经验后下一幅就更是水到渠成了(当天贴于酒店婚礼现场):

筑爱巢肖涛设宴亲朋欣然开口笑

迁新居昶林把酒众友相聚叙衷情

此联之意就更不用做什么解释了,我想大家一看就明白了。

"文"已"舞"完,经两位当事人"审核"通过,该"弄墨"了。凑巧我的老泰山(老丈人)那几天住在我家,他老人家又是"弄墨"高手。于是我赶紧买回数张大红纸裁好,又亲自扶纸、磨墨,老人家挥毫泼墨一蹴而就。

婚礼当天,我和几个弟兄早早的把婚联贴在了他们的家门、楼门和酒店厅堂之上。宴席开始之前,各亲朋好友闲谈之余对我编的婚联议论不停,更有我的几个同事,一进门就断言这婚联必是我所为。从朋友和同事的议论中,我听出了几分赞许,感到了莫大的欣慰,更增强了我"舞文"的信心!

我淘到的"第一桶金"

忻州市定襄县宏道镇北街村　韩　彬

　　25年前的冬天,我上小学三年级。按照惯例,我村古会要唱戏,学校照例放假两天。忽生一念:咱也做个小生意,挣几块钱花。

　　我想到了卖汽水。

　　农历五月十一至五月十五是我们镇里的古会期,那时的宏道镇大街虽然尽是破房旧墙老商店,赶集的却是人山人海。我在家门口放了一个小桌子,桌子上放了十来个罐头瓶,五六个玻璃杯,桌子边放一大铁桶凉水,里面倒点红颜色,放点糖精,拿个筷子搅匀,就开始可以做生意啦。"大瓶子5分钱一杯,小瓶子2分钱一杯。"吆喝下来,呵呵,生意还挺火爆呢,我居然把妈妈用扁担挑的一大缸井水卖光了。到了晚上一数,净挣七八块呢,不错吧?

　　那时,我爸一个月的工资才30来块。

　　这就是我淘到的第一桶金。现在回想起来,还觉得自豪。

　　今天,又是我们镇里古会的日子,街上依旧很是红火。我准备去我那次做生意的地方看看,来个故地重游。

舍不得那一把柴火

村网编辑部　彭薇霞

　　家里的老式灶台用了近 30 年了,由于出烟不好,每次烧火做饭时,厨房里就烟熏火燎的,再遇上个不好的天气,有时候连眼睛都睁不开。

　　母亲在这个厨房做了 30 年饭,那时候一家 6 口人,进厨房做饭的只有母亲。每次当我们放学回家端起热腾腾的饭碗时,母亲的眼睛都是红红的。就这样年复一年,春去秋来,爷爷奶奶也相继过世了,我和弟弟都长大成家了。母亲在这个厨房里奋斗了半辈子也算是功德圆满吧,可是她的一双眼睛被烟火熏得很早就看东西模糊了。每次回家看见母亲在太阳下做针线活穿线时,费老半天劲才能将线头穿过,我心里就酸酸的。

　　最后和弟弟商量给母亲买了电磁炉、电饭锅、炒勺等一些插电就能热水做饭的灶具。我想这下母亲终于可以轻轻松松做这一日三餐了。

　　最近又回家一趟,发现这些新买的家电原封不动的放在包装盒里。母亲还是在老灶台上烧水做饭,继续用着那一把把的秸秆柴火,一股股刺鼻刺眼的浓烟继续肆虐着。我有些埋怨母亲,为什么不用简单的带电的厨具做饭，现在家里就您和父亲两个人，为什么还要用老灶台？

母亲笑着说，这么多年都过来了，习惯了。再说庄户人家每年都有那么多的农作物秸秆，堆在那里闲着也怪可惜的，烧火做饭后还可以在地里用肥，不是挺好的吗？

这便是我的母亲，一个普普通通的中国劳动人民。

蹊跷的借条

运城市稷山县稷峰镇马家巷村　马芳骥

　　近日，有位女村民诉说了发生在她家的关于一张蹊跷的借条的事儿。以下是她讲述的。

　　就在前两天，公公刚过完八十大寿，姊妹们都回家去了。当时，我正在收拾桌凳，二叔子叫我："嫂嫂，我给你说个事"。

　　二叔子低声说，"我哥在世时借了某某 300 元钱"。我一听就丈二和尚摸不着头脑了。这是怎么回事呢？丈夫因病去世七八年了，还从未有人问过我，说丈夫借别人的钱没还的事儿。况且，丈夫从来没有背着我借过别人的钱。得病多少年了，自己啥大小活都干不了，随时都有死亡的危险。家里的一切开支都是靠我种地、捡破烂来支付的。谁还敢随便借给他这个半死不活的人钱呢？我百思不得其解。

　　最后，我不得不要求二叔子拿出当时的借款条，问清借款的内情。看了借条，我问他："这借的是某某某的钱，怎么借条会在你手里？为什么借他的钱他不来要呢？这借条是不是你哥写的暂且不说，这签名也不像是你哥的字呀？"一连串的问话，问得二叔子成了不会说话的哑巴。我告诉他，这个条我不认，这个钱我是不会还的。

　　这位女村民现在的丈夫是两年前才招亲来的。作为一个妇道人家，她为了不招惹是非，也就没敢再声张借条的事。事情就这样不了了之了。

馒头、包子不够卖啦!

忻州市定襄县宏道镇北街村　韩　彬

几年前,一朋友想约我合伙开个馍馍店。几经考察走访,我发现村里根本没有那个市场。农民一年到头的收入不多,精打细算的人一算计都说那太贵,邻里的大哥和我说:"那个没有技术含量,村里的男人也会蒸,谁买?除非你比买白面还便宜。"是呀,那时的村民小时候吃惯了玉米窝窝,觉得每顿饭是白面就很不错啦,还没敢奢望吃蒸好的馒头呢。而且村里的妇女大多无业在家,基本就是操持家务,谁还去买馒头吃呢?

十来年过去了,大街上开了七八家馒头、包子店,而且生意火暴。我昨天下午去买馒头,还等了十来分钟。老板娘兴致勃勃地和我说:"等一下吧,包子、馒头一出锅就没啦,附近村子小卖店的贩子还等着呢。"

如今,妇女们也在附近的厂子、商店、饭店打起了工,还有的种起了菜、养起了猪。她们不再是光会洗锅做饭的农妇,也成了家里的经济支柱,成了馒头、花卷、包子店的主顾。农民的生活好起来了,也学会像城里人那样享受生活的便捷啦。

公道自在人心

临汾市曲沃县乐昌镇苏村　贾赵勇

　　"公道"这两个字说起来容易做起来难。就拿小麦直补来说，国家的惠农政策确实不错，老百姓领补贴也没错，错就错在人心不公。在这方面，我们一些村干部的分配就难做到公道。

　　好多村民都想多领点补贴款，说什么"领的是国家的钱，又不是领你干部的，你们何苦得罪人？"其实有些现象确实要埋怨我们村干部。前几天我在网上看到山西夏县的一位村干部，乱领补贴，造成了极坏的影响。其实，在农村还远不止这一个村干部……

　　让我们静下心来好好反思一下这个问题。作为一名村干部，首先就意味着是一种责任。责任，就是一手托着天、一手托着地的承担。天，就是我们党和国家的政令，地，就是投票选你的我们的村民老百姓。作为一名村干部，既要对得起我们的老百姓村民，又要不辜负党和国家的重托。如何做到利用补贴引导农民提高粮食种植面积和产量，又不伤害和激化干部群众关系，这需要我们村干部打掉门牙往肚里咽，展开双手用力托起我们的双重责任，用脊梁驮起那蓝色的天空，公道自在人心，相信我们的老百姓一定会明白的。

移动电话闹出的笑话

晋中市榆社县社城镇社城村　张宏杰

2008 年 9 月，我县县委决定组织农村干部外出参观学习，参观地点选在了北京。由县长亲自带队，一行 20 余人先乘车到太原飞机场，之后转乘飞机前往北京。飞机即将起飞，机舱里传出了播音小姐甜美的声音："女士们，先生们，本次航班马上就要起飞了，请您将移动电话关掉，以免影响飞机飞行中的正常通信……"

一阵马达轰鸣之后，飞机缓缓升空。忽然机舱里传来悦耳动听的音乐声："亲爱的，你慢慢飞，小心前面带刺的玫瑰……"大家东张西望地在看哪传来的音乐。坐县长旁的某村干部胡某已掏出手机，毫无顾忌地接听电话："你是副（谁）了？我不（在）家，在空中飞了……"县长正打算去劝阻已经来不及了，气得县长又瞪眼，又摆手的。空姐走过来了说："先生，对不起，请您马上关掉手机，刚才播音员不是已经提示了要把移动电话关掉吗？您怎么还开着……"

胡某抬头看了看空姐，理直气壮地说："你们刚才广播的是移动电话，我的手机可不是移动的，我是联通的。"

也许这个故事给国家民航总局敲了一次"警钟"，自此之后，空姐播音时所用的"移动电话"一词，全部改成"手机"……

踩着单车去兜风

吕梁市临县大禹乡大后沟村　张建梅

很早,就想着在这样一个午后,踩着单车去兜风,一个人的享受,一个人的惬意,一个人的浪漫!

穿一身舒适的运动装,蹬上那搁置好久的旅游鞋,将头发随意的在脑后挽成一个马尾,涂抹一点淡淡的口红,扮一点轻妆,憔悴地容颜立马容光焕发,对着镜子微微一笑,发现那个从容淡定、活力四射的自己又回来了,然后背起背包,踩着单车出了家门。

秋后的阳光原来是金灿灿的,懒洋洋的洒在皮肤上,那么的温和!秋风不时徐徐吹过,轻轻拨动着我的发丝!抬头仰望,天是那么高那么蓝,偶尔有几只鸟儿轻轻飞过,心头不仅为之轻轻一颤,倘若自己像那只鸟儿自由快活该多好啊!

一路欢快的穿行于这个城市,兴致十足的观赏着滨河两岸的风景,时而停,时而疯,风景不停的后退,我不断的前行!沿途不乏宝马、奔驰,还有一些不知名的车辆疾驰而过,我买不起它们,单车就是我的宝马、法拉利,我可以踩着它满世界地跑,这又何妨!开车飞驰的人自是享受不到这踩着单车的乐趣和浪漫,也自是领略不到这沿途美丽的风景啊!

累了,将单车停靠在河岸上,大喘着气依在岸边的栏杆上,捧一掬秋风,洗一洗心头的迷雾,顿时心情便明亮起来,曾经的抑郁,曾经的伤感,随之忘却在脑后,消失在风中!不顾行人好奇的目光,自顾自地哼起一首不知名的小曲,开心地对着自己的影子傻傻微笑,然后偷偷地享受着那久违了的快乐,自是一种说不出的愉悦!

踏着单车穿行在风里,享受着一个人的惬意,然后将所有的失意抛在风中,自己便成了那只快乐自由的鸟。

帮助了别人，自己也会快乐

忻州市定襄县宏道镇北街村　韩　彬

　　一阵风刮过，接着就是电闪雷鸣、大雨而至。雨天路滑，为时已不早，得赶紧开车回家。

　　乌云黑沉沉地压了下来。我开了大灯，加大油门往回赶。前面就是一段曲折陡峭的下坡路了，我慢慢地把速度降下来。由于一边是很深的沟，所以我格外的小心。忽然，我透过面前雨刮器摆得很快的车窗，看到路边站着一个个子不高的中年人，用手捂着手机，在那里焦急地打着电话，头发、衣服已完全湿透。他看见我，急忙挥舞着手拦我的车。我把车停在坡上，摇下车窗。"师傅，我是嶂阳的，来这儿卖水泵。由于不熟路况，天黑雨大，在半坡中减速后起不了步啦。可以帮我推推车吗？帮帮忙吧。"

　　我稍作镇定，雨天，弯儿急，天黑，看着他那恳求的眼神感觉不是坏人，不过我还是保持着提防心。

　　我下了车，走在他身后，果然看见一辆三轮摩托停在半坡上，拉着几根很粗的铁管子。他坐上摩托启动，我使出全力冒雨狠推，终于到了坡头，我已是汗水雨水交加，腿也累得直发抖。他如释重负，"太感谢了"！我说："走吧朋友，不用谢，都是养车人，谁也会遇到困难的。"

他扭过头来,似乎有些过意不去。借着一个闪电,我看到了他兴奋而满怀感激的笑脸。

三轮摩托在雨雾中渐渐消失,雨还在下。

我上了车,擦了擦脸上的水,心里有一种说不出的喜悦感,甜丝丝的。因为我在品味一个人发自内心的感谢。

帮助了别人,自己也会快乐。真的!

两天的美好瞬间

晋中市榆社县社城镇社城村　张宏杰

　　2010 年 7 月 7 日—8 日,是一些我爱我村网掌门和工作人员在我们榆社欢聚的日子。6 日上午,掌门人冯爱霞打电话说,她和大同的另一位掌门人田虹 5 日晚上 11 点出发, 今天中午就到榆社了。接完电话,我没敢吃中午饭就急匆匆赶到县城火车站,迎接来自我省最北面——大同天镇的两位女掌门, 他们从火车站出站口走出来,一眼就认出了我,挥手叫道:"张掌门好!"我迎了上去,"欢迎两位的到来"。大家虽然只是网上聊,也从未见过面,可一见面就如老朋友似的感到很亲切。安排好住处,简单吃了点饭,平时爱说爱逗的冯爱霞就着急地问:"二岗(大同人称哥为"岗"),我们的活动你都安排好了吗?"我说我前好几天就都联系安排好了。嘴上虽然这么说,但对于我这个从未搞过活动的人来说,怎么才能让大家开心快乐的在榆社度过这一生中难忘的两天呢?心里还是没底。本来海军说好要提前来帮忙,可临时又打来电话说自己有事不能提前来了,于是,她们俩问我具体是怎么安排的?我大致说了一下,并让她俩再帮我一起精心筹划活动安排。

　　7 日吃过早饭之后,我们就开始迎接大家的到来。"丁铃!丁铃！"短信！我一看，杨改桃总经理发来的短信："祝贺你们聚会成功，祝大家玩得高兴，谈得开心！宏杰、海军辛苦了！工作实在脱不开身，不能与你们现场同乐，和你们现场讨论村网发展，抱歉……"看到短信我很激动，杨总工作那么忙，还能想起给我们发短信来祝福我们、支持我们、关心我们。我们掌门人哪有不好好为村网发展出力的道理啊。杨总给了我们关爱，给了我们希望、给了我们力量。

我们怀着激动的心情等待大家的到来，首先迎接到的是来自我省最南端——运城稷山县的掌门人毛红炎。刚进门，这个老实憨厚戴副近视镜的小伙子就把手伸过来紧紧握住了我的手，激动地好久都没放开。一坐下又赶紧拉开包说：这是我从家里给大家带来的稷山板枣和稷山最有名的四味麻花，大家尝尝。毛红炎在家里很忙，但他非常珍惜这次机会，百忙之中抽出时间来参加。在路上不慎将包和身份证等遗失，但丝毫没有影响他参加聚会的心情。他为能见到这么多村网掌门而感到高兴，为能参加这次聚会而感到自豪。第二批到的是我们村网工作人员，杨珺、苏隽彦、王婧、马泽星和司机师傅等，村网工作人员说，本来杨总要亲自来参加，突然临时有事不能来了，派陈鑫卿经理来，可他也有事，下午赶到。他们带来了村网领导的祝福，也带来了村网对我们掌门的关心和支持。第三批是我们村网一马当先的"001"马海军等一行三人。紧接着左权的马凤鸣、县令李长歌和我们村网最年轻的掌门人王森一行六人也赶到了。大家在一起激动万分，你一句，我一句愉快地聊着，农民掌门个个是那么淳朴憨厚。在中午的饭桌上每个人都讲了此来参加聚会的心情和对村网的祝福、发展建议。

下午我带大家参观了举世无双的榆社化石博物馆（古化石展厅，榆社石刻造像展厅、地质形成展厅，文物展厅）、革命军事博物馆等。接着带大家走进了榆社文峰园,登上榆社文峰塔一揽榆社全景。

随后,我们急匆匆前往云竹湖。在路上,我收到了村网陈鑫卿经理发来的短信:"宏杰、海军及参加这次聚会的各位掌门大家好,受杨总委托本应亲自去祝福你们,但因工作原因不能前往,实在抱歉。相信本次聚会一定能增进友谊,增强团队凝聚力;祝福你们,也谢谢你们。陈鑫卿,2010年7月7日于太原。"简短的几句流露出村网对掌门的关心。更巧的是在此时接到了长治壶关县掌门人郑江龙给我打来的电话,他由于没赶上上午到榆社的车,只好下午来,再有20分钟就到榆社了。因为去云竹湖的路是长治到榆社的必经之路,因此我们在路旁,一边等他,一边协助村网工作人员采访附近村庄的农民。当村网马泽星看到路边有老农正在担水时,赶紧跑过去接过担子去帮助,既帮助他人又体验了农民的生活,好不开心。当看到一辆大巴停靠在路边,大家赶紧都迎了过去,迎接这位远道赶来的长治掌门人,下车后他看到了大家,激动地抱住我说:"感谢你给大家提供了这次机会,能让我们聚在一起共谈村网发展"。不多时,我们赶到了云竹湖,带大家坐上汽艇用不到半个小时的时间游览了整个湖。

晚上我们住在了云竹湖畔,吃到了农家饭。我还自带黑小米捞饭、榆社干面饼、新鲜的苦菜和"榆社笨蛋"。饭桌上,我给大家讲起了"榆社笨蛋"的来历。大家才知道为什么叫"榆社笨蛋"——聪明人吃的鸡蛋。

饭后,我们组织了篝火晚会,王婧给大家当起了晚会主持人,爱说爱笑的冯爱霞唱起了《今天是个好日子》,马海军的《套马杆》、马泽星的《村网主题歌》、田虹的《在希望的田野上》等歌声在夜空中飘扬。来自左权的老马和老李两对夫妻掌门给大家表演了左权小花戏和左权民歌。开心的老夫妻跳起了慢四。大家放了许愿灯，许下了农民的心愿，许下了村网的希望。大家激动地围着篝火拉起手跳了起来，唱了起来，唱出了掌门的心声，唱出了农民兄弟的情谊，唱出了掌门和村网的希望。

晚会在一曲《难忘今宵》的歌曲声中结束。夜已经很深了，但大家都无法入眠，在看一天中拍到的美好回忆，在拉着家常、拉着农村的发展、拉着村网的发展。由于安排了第二天的行程，还给空间上传照片让大家及时看到我们的聚会场景……我睡得时候已经2点多了。

不知道什么响动声惊醒了我，看了下表已经四点半了，我再也睡不着了，匆忙起床，赶紧给农家乐老板打电话，老板说："你这人性子咋这么急"。因为我们还有好多活动，必须早吃饭。

吃过早饭，赶紧动身。要去登悟（雾）云山，我没有去过悟云山，所以提前就联系我们河峪乡寄子村的村民胡军（我给村网联系鸡苗时从网上认识了她），听说是我爱我村网组织聚会要去悟云山，她很高兴很爽快地答应要她老公带我们去登山，并盛情邀请我们去他家做客，看看笨鸡怎样土炕孵养鸡苗。我们其实也有打算到农民家中看看农民在做什么、想什么、需要什么，正好有这样的机会，20多人参观了他们家的猪厂和土炕孵养鸡苗、参观了他们村笨鸡养殖合作社。我爱我村网工作人员王婧更是问这问那来了解民情，并给农民发了宣传资料，让更多的农民了解我爱我村网。参观完农民的笨鸡养殖基地后，大家更加了解"榆社笨蛋"了。

在胡军丈夫的带领下，我们一直走在崎岖的山路上，大约四五十分钟的时间就到了悟云山山脚。徒步登山开始了，刚开始大家都往前冲，老马更是一边高声唱着左权名歌一边爬山。登上了悟云山顶，大家领略到了榆社的自然风光，李长歌县令高兴地说："榆社山好、水好、人更好"。大家在山上参观了养牛大户的200多头牛，都说这次没有白来榆社，了解榆社的人文、地理和历史景观，看到了榆社的美。

紧张而愉快的聚会结束了。这次聚会，增进了友谊，加深了感情，更重要的是通过相互交流，共同学习，把我们所学到的东西带回到自己的工作中，更好地为我爱我村网、为农村服务。

挥手告别之时，我禁不住流下了眼泪，赶紧把头扭了过去，生怕被大家看到，笑我这堂堂七尺男儿怎么就掉眼泪了。虽然两天时间短短的，但看到从我省最北边的大同、最南边的运城及太原、榆次、长治和左权赶来参加掌门人聚会的村网工作人员和掌门朋友，我非常感动。我们感到了村网人真正的亲——"我们才是一家人"。也留下了很深很美好的记忆。

一个人空落落的走在回家的路上，眼泪再次不由自主地流出来了。

街头抽奖别靠前

运城市稷山县稷峰镇马家巷村　马芳骥

"凡是受了我骗的人都是爱贪便宜的人。"这是一个骗子的语录。而事实也如此！

去年，我们邻村姚家庄就发生了这样的事情。两个人开着一辆小车，里面拉着七八种生活用具，有小勺、剪子、鞋刷、牙刷等，每次只发 10 个签，凭签免费抽奖，抽到什么拿什么。街头聚集了足足四五十人，大部分是老年人，人们抢着要签，抢着抽奖。抽了三轮，每个人都得到了或大或小的免费奖品。这时，这两人拿出了一个普通挂钟，告诉大家这是某厂新出的优质产品，质量如何如何的好，价值 100 多元，每个村只有 8 个名额。同样是发签抽奖，每个人只有一次抽奖机会，抽到其他礼品仍免费赠送，而抽到挂钟的每个人只掏 80 元即可拿走。人们仍争先恐后地领签抽奖。前后抽了不到 30 个人，10 台挂钟都已经各有其主。没有抽到挂钟的人看上去还有些后悔。两人收完钱后，赶紧收拾东西走了。

后来人们到钟表店一打听，每个挂钟仅值 20 多元钱。抽到挂钟的人都后悔莫及，有的家庭还为此闹起了矛盾。看来，街头抽奖还真不能往前凑，骗人的把戏往往都是抓住人们爱贪便宜的心理。

网聊奇遇

点旺火 辞旧迎新

大同市天镇县新平堡镇新平村　王瑞　摄

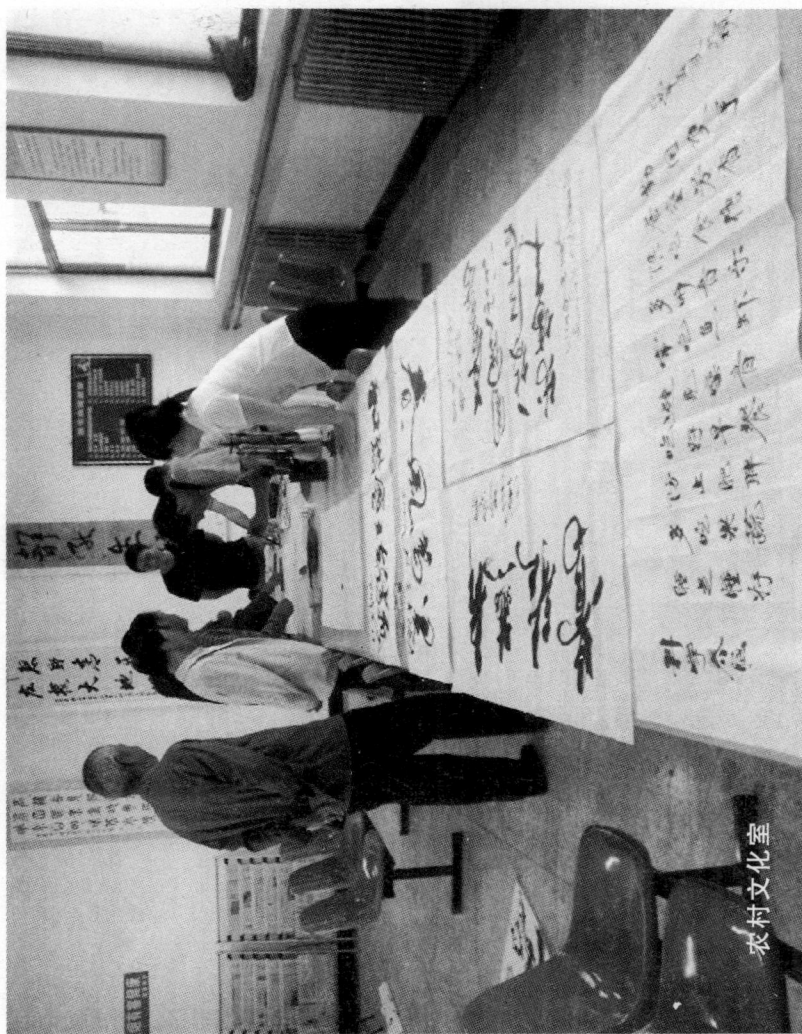

晋中市左权县寒王乡寒王村　马凤鸣　摄

浓浓年味扑面来

忻州市河曲县文笔镇焦尾城村　杨丽峰　摄

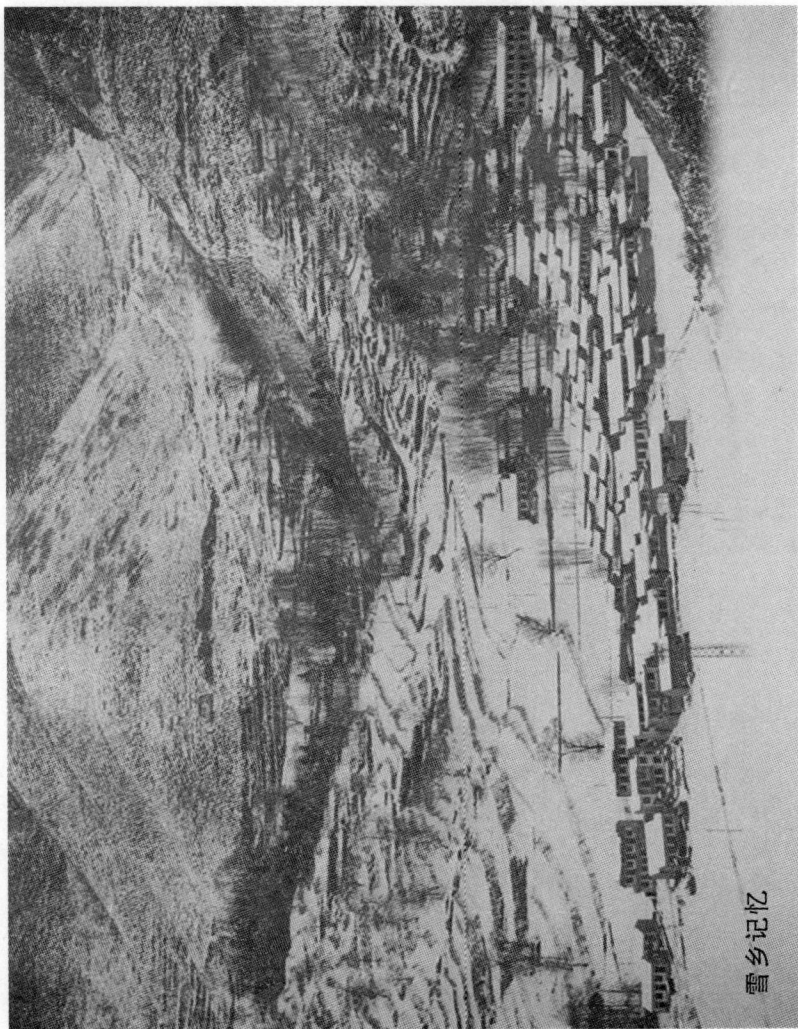

晋中市左权县辽阳镇东长义村　王　森　摄

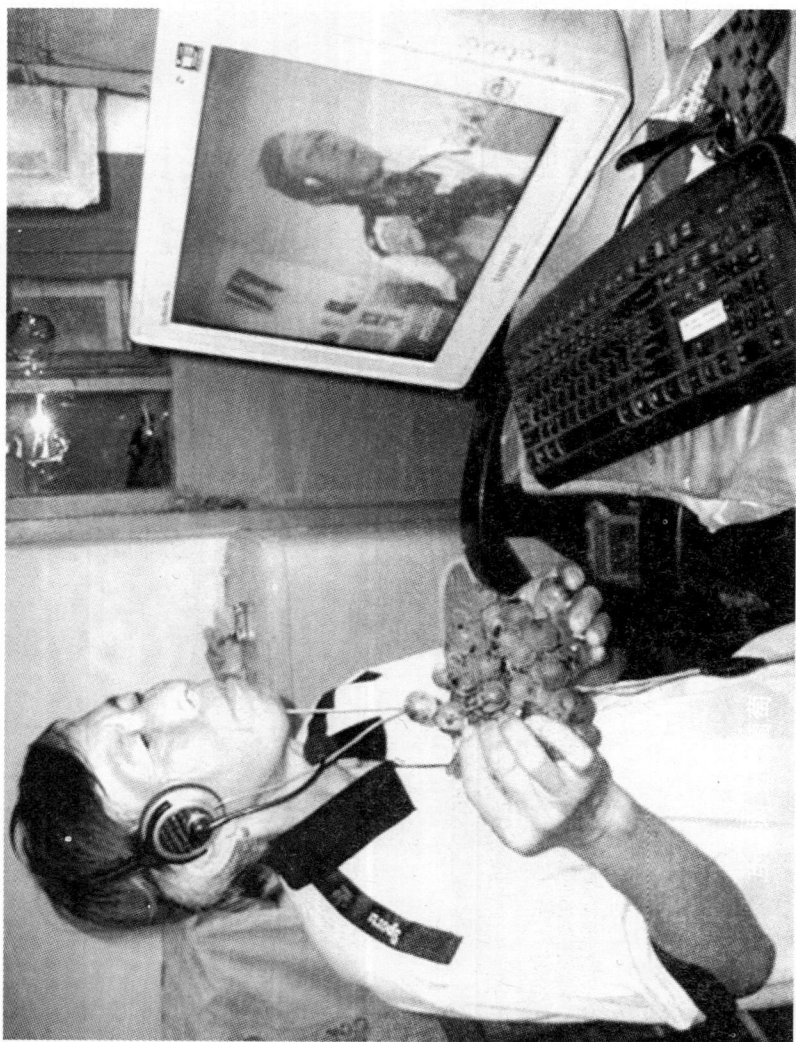

忻州市河曲县文笔镇焦尾城村　杨丽峰　摄

一份被公开了的私密聊天记录

忻州市忻府区董村镇孙村　张来源

一

作者的话：

一月前，网友大拍子告诉我，他几经周转买了台旧电脑，使用两月就遭木马毒害，程序大乱。请人维修时发现一份网聊记录，近似传奇，但不知主人是谁。

我好奇心重，请他转来一看。连夜阅罢，惊叹不已，感慨万千，考虑再三，决定公之于众。以下是那份网聊记录：

2008.05.02.21　11:12

芽　儿:你好!

断翅鹰:你好。

芽　儿:能聊聊吗?

断翅鹰:可以。

芽　儿:你是哪儿的人?

断翅鹰:边城。

芽　儿:原籍就是边城?

断翅鹰:哦。

芽　儿:对不起,我下了。你删了我哇。

断翅鹰:为什么? 我说错什么了吗?

芽　儿:不是。

断翅鹰:那你为什么就走?

芽　儿:因为你不是我想聊的人。

断翅鹰:你这人可真能摆谱啊。你想和什么人聊?

芽　儿:呵呵,也没什么谱,我有我的目的。

断翅鹰:聊天还有目的? 你这人不一般啊。

芽　儿:是的,我是二般。

断翅鹰:你的目的是什么?

芽　儿:我在寻人。

断翅鹰:你在找人?

芽　儿:是的。

断翅鹰:哈哈,找人应该发启事,或者登广告。靠聊天是不行的。

芽　儿:我知道。我就想这样寻。

断翅鹰:哈哈,你这样真是大海捞针,煞费苦心啊。

芽　儿:是的,三年了,我差不多和一千人聊过了。但是没有一点线索。

断翅鹰:就这样问籍贯?

芽　儿:就是,籍贯不对我就不聊了。

断翅鹰:还想这样找下去?

芽　儿:是的。

断翅鹰:能找的上吗?

芽　儿:看我的运气哇。

断翅鹰:你找什么人?

芽　儿:一个多年没音信的人。

断翅鹰:他是哪里人? 叫什么名字?

芽　儿:我不能说。

断翅鹰:为什么? 找人还怕人知道?

芽　儿:是的,因为有些无聊的人,冒充我要寻的人,骗我聊,浪费我的时间精力。

断翅鹰:哈哈,大千世界无奇不有,你们都是怪人。

芽　儿:呵呵。

断翅鹰:我们可以聊吗?

芽　儿:聊什么?

断翅鹰:什么都可以。

芽　儿:可以。不过,和我聊的人必须是九原人。

断翅鹰:九原人?

芽　儿:是的。

断翅鹰:为什么必须是九原人?

芽　儿:不为甚,我想和九原人聊聊。

断翅鹰:真是巧了。我就是九原人啊。

芽　儿:呵呵。你不是骗我聊的人哇。

断翅鹰:不是,我为什么要骗你?

芽　儿:你既是九原人,那就说说九原的事情哇。

断翅鹰:你还是不相信啊?

芽　儿:呵呵,说说家乡不难哇。

断翅鹰:我不想提起我的家乡。

芽　儿:咋啦?

断翅鹰:我的家乡就是我的伤心地。

芽　儿:咋啦?

断翅鹰:我离开家乡已经很多年了,我真不想提起它。

芽　儿:呵呵,莫非你不是九原人,怕露了馅?

断翅鹰:你这样激我,我就说说。说说我家乡的牧马河。

芽　儿:你说哇。

断翅鹰:九原有条河叫牧马河。牧马河由西山的小溪汇聚而成,从高山峡谷中冲出来后由西向东,一路蜿蜒曲折,跌宕咆哮,直奔阴山,似乎要把阴山冲跑。阴山是座孤山,威武雄壮,像一夫当关,横刀立马,面对牧马河的汹汹来势,岿然不动。河水撞在阴山脚下碰得浪花飞卷,烟雾弥漫,然后无声无息地拖着白沫向东缓缓流去。

芽　儿:你是个文化人哇?

断翅鹰:我像吗?

芽　儿:像。

断翅鹰:要说清楚这个问题,那是另一个故事了——

芽　儿:你说哇。

断翅鹰:更令人惊奇的是,牧马河未经过阴山之前恶浪滔天,巨石翻滚。河床两岸摆满牛羊大的石头。每年山洪暴发河水里的大小石头互相碰撞发出轰隆隆的声音,叫人害怕。白天村民们站在高处看河水,到了晚上都不敢睡觉,坐在炕上听水响。但是河水经过阴山之后却静若处子,姗姗而行。河里无波浪,岸上有青草。河床上再没有一块大石头,全部变成了又白又细的小沙子,成了上好的建筑材料。所以,老人们说阴山吃石,盂县屙铁。

芽　儿:哦。你真是九原人。

断翅鹰:当然是了,我的家就在牧马河边。

芽　儿:什么村?

断翅鹰:你也是九原人?

芽　儿:是的。

断翅鹰:你现在?

芽　儿:我就在九原。你真在边城?

断翅鹰:是的,我来这里很多年了。

芽　儿:你多大了?

断翅鹰:这……

芽　儿:你是九原哪儿的人?

断翅鹰:你好像是查户口啊。这些情况我不能告诉你,除非你告诉我你要干什么?

芽　儿:我找人。

断翅鹰:你找什么人?

芽　儿:我……给你说了吧,我寻找一个挠羊汉。

断翅鹰:挠羊汉?

芽　儿:是的。

断翅鹰:是不是一个九原的挠羊汉?

芽　儿:呵呵,咋理解在于你了。

断翅鹰:你寻访挠羊汉做什么?

芽　儿:先不说这个。你先回答我的问题哇。

断翅鹰:你真有意思。我不回答行吗?

芽　儿:你不想回答,就说明你不愿意和我聊。我们就互相删了哇。

断翅鹰:哈哈,我没见过你这样聊天的。

芽　儿:呵呵,女人有时候就是难缠。

断翅鹰:可是我就想看看女人到底是怎么个难缠法?

芽　儿:那是你不了解女人。

断翅鹰:也许。

芽　儿:呵呵,我没功夫和你缠,再见了。

断翅鹰:慢,我告诉你,我其实就是个挠羊汉。

芽　儿:真的?

断翅鹰:真的。

芽　儿:你在哪儿挠过羊?

断翅鹰:在九原。

芽　儿:哪年?

断翅鹰:多年了。

芽　儿:能详细说说吗?

断翅鹰:你愿意听吗?

芽　儿:愿意。我喜欢摔跤。

断翅鹰:啊?女人也爱摔跤?

芽　儿:没见过?

断翅鹰:倒也见过。

芽　儿:说说你挠羊的事情哇。

断翅鹰:我的故事悲欢离合,曲折离奇,恐怕三天也说不完。

芽　儿:不怕,我就想听挠羊汉的故事,你说哇。

断翅鹰(沉默):我不知道从何说起……你寻找的挠羊汉,他是你什么人?

芽　儿:(沉默)

断翅鹰:兄弟?

断翅鹰:亲戚?

断翅鹰:丈夫? 情人?

断翅鹰:朋友? 仇人?

芽　儿:(长时间地沉默)甚也不是……我现在不想说,以后再说哇。

断翅鹰:为什么?

芽　儿:今天不想说了。

断翅鹰:触动心事了?

芽　儿:不是,我觉得你不是我要寻的人。

断翅鹰:为什么?

芽　儿:那个挠羊汉不像你这么有文化。

断翅鹰:那你是不想和我聊了,要删我了?

芽　儿:不,咱们以后再聊。

断翅鹰:其实我倒是很想和九原人聊聊。

芽　儿:明天哇。今天不早了。

断翅鹰:好吧。

芽　儿:再见了。

断翅鹰:再见!

二

2008.05.03　21:00:00

断翅鹰:晚上好!

芽　儿:好。

断翅鹰:(图片:握手)

芽　儿:(图片:握手)

芽　儿:在我的印象中挠羊汉一般都没文化,你到底是不是个挠羊汉？

断翅鹰：哈哈，你怀疑我了。

芽　儿：你多会儿学的文化？

断翅鹰：我不摔跤以后学的。

芽　儿：挠羊汉都有外号，你有没有？

断翅鹰：有。

芽　儿：叫什么？

断翅鹰：摔死牛。

芽　儿：你是摔死牛？

断翅鹰：你知道？

（沉默）

芽　儿：不知道。咋叫个摔死牛呢？

断翅鹰：因为我把牛摔倒了。

芽　儿：咋摔牛哩？

断翅鹰：这里面有个故事。

芽　儿：甚故事，快说哇。

断翅鹰：我还是被你绕进去了。

芽　儿：呵呵，说说哇。

断翅鹰：我的家乡以种高粱为主。每到秋天，红色的高粱穗把牧马河两岸的山坡丘陵平川大地，全部涂染成了玛瑙般的颜色。我22岁那年秋天的一个中午，生产队长派我和一个刚刚高中毕业的姑娘去晒场上碾高粱。姑娘用铁叉翻晒高粱穗，我给黄牛套上碌碡在晒场上碾穗子。突然，一头黄牛像发了疯似的拉着碌碡就向姑娘冲去，姑娘转身要跑，却被高粱穗绊倒了。眼看黄牛拉着五百斤重的碌碡就要从姑娘身上跑过去，我冲上去用双手抓住两个牛角，用左脚横扫黄牛的前蹄，黄牛站立不住，一下摔倒在晒场上，四蹄朝天，半天爬不起来——从此，人们就给我起了个外号叫"摔死牛"。

芽　儿：你真是摔死牛？

断翅鹰：你认识我？

芽　儿：是的。

断翅鹰：你是谁？

（芽儿长时间沉默）

芽　儿：你不认识我，我可认识你。因为我就爱看摔跤。那时候的后生们都爱摔跤，大街上田地里随时就能摔，也不分白天黑夜。最红火的是唱完戏再摔跤。你摔跤很出名，人们说你是牧马河上最厉害的挠羊汉。

断翅鹰：是啊！我参加过华北四省的邀请赛，获得了65公斤级的冠军。

芽　儿：那你后来咋就不摔了？咋就突然消失了，你到哪里去了？

断翅鹰：这个一下说不清。

芽　儿：你慢慢说。

断翅鹰：事情过去多年了，我想不说了。

芽　儿：咋哩？

断翅鹰：我为什么要和你说这些？

芽　儿：因为……

断翅鹰：因为什么？

芽　儿：因为，我想听。

断翅鹰：你是什么人？为什么想听我的故事？

芽　儿：我是受人之托，打听一个九原的挠羊汉。

断翅鹰:受谁之托?

芽　儿:这个我暂时不能告诉你,但是我觉得你就是我要找的人。

断翅鹰:你不是说我不像吗?

芽　儿:现在像了。

断翅鹰:是吗? 这么巧?

芽　儿:是的。

断翅鹰:他为什么要找我?

芽　儿:因为她想你。

断翅鹰:她? 一个女人,想我?

芽　儿:是的。

断翅鹰:她是谁?

芽　儿:一个忘不了你的人。

断翅鹰:忘不了我的人?

芽　儿:是的,应该是一个你也忘不了的人。

断翅鹰:是你吗?

断翅鹰:不是,我是受人之托。等你把你的故事讲到一定的时候,我会说给你这个人是谁。

断翅鹰:哦。

芽　儿:所以,你接着说哇。

断翅鹰:我不想说了,我不知道你们在搞什么名堂。

芽　儿:不,你应该说下去。你不知道这个人已经寻找你多年了。为找你她专门买了电脑,学会上网。

断翅鹰:女的? 网上找我?

芽　儿:是的。她不能大张旗鼓地找你,只能悄悄地找你。

断翅鹰:我想想,你能肯定我就是她要找的人?

芽　儿:现在还不能确定,还需要你继续说你的故事。

断翅鹰:莫非是……你必须告诉我是谁找我,我才能说。

芽　儿:我不能说。我虽然不能说给你她是谁,但是我敢肯定,她没有恶意,不是害你的。

断翅鹰:……我可以讲给你听,但是你必须保证守口如瓶,不得告诉任何人。

芽　儿:我保证。

断翅鹰:网上毕竟是个虚拟的世界,我怎么能相信你呢?

(长时间地沉默)

芽　儿:我没有其他办法,但是我可以发一个毒誓:我如果说出一句去,我和我的全家立刻全死了。

断翅鹰:你为什么要这样?

芽　儿:我想知道你是不是我要寻的人。

断翅鹰:(长时间地沉默)

芽　儿:该你说了。

断翅鹰:如果我不说呢?

芽　儿:那你就不是什么挠羊汉,你连个女人都不如。

断翅鹰:哈哈哈。你把我逼到墙角了——其实我也想说,如鲠在喉,不吐不快啊。快三十年了,我的事情也该见阳光了。

芽　儿:说哇。

断翅鹰:说什么?

芽　儿:那个姑娘叫什么名字?

断翅鹰:她叫香椿。

芽　儿:香椿?

断翅鹰：是的。

芽　儿：她咋叫个这名字？

断翅鹰：我们村有一大片椿树林，里边有两种树。一种叫香椿树，嫩芽又绿又红，有一种特别香的味道，是难得的好菜。一种叫臭椿树，不能吃。那年，"饿虎"——我的摔跤师傅——在大树上用长长的勾子剪香椿。他老婆挺着快要分娩的大肚子在地下拣香椿。拣着拣着，肚子就疼起来，来不及回家就生下一对双胞胎女儿。大的起名叫香椿，小的起名叫臭椿。香椿就是我救下的那个姑娘。

芽　儿：哦。救人以后呢？

断翅鹰：自从我救了她之后，我们就好上了。我们是真心相爱啊。她是多么好的一个姑娘啊！我们在一起劳动，相跟着看戏看电影。我是有跤必摔，几乎摔遍了牧马河两岸的村子。摔跤时她给我抱衣服，给我擦汗，为我喝彩。只要她在场，我就精神抖擞，技艺超群，场场夺冠——那两年是我一生最愉快的两年啊。

芽　儿：你还记得她长得什么模样吗？

断翅鹰：我一辈子也忘不了。她不是很亮丽，却非常耐看，非常迷人。她的个子略微低些，胖胖的。冬天她爱穿一件小大衣，夏天爱穿一件粉红色的的确良衫子。一个马尾巴似的小辫子用肉色的橡皮筋束着，梳得不高不低。她的步子不大，是那种碎步，走路时辫子一摆一晃的。鸭蛋脸，脸上有几点雀斑。鼻子尖尖的，下巴稍微向上翘着。最迷人的是她的眼睛，当年我只有一种毛眼眼的感觉，后来才知道，那叫迷离。

芽　儿：说主要的哇。

断翅鹰：我23岁那年，我们俩悄悄说好了，等到腊月，我让媒人去提亲，准备正月里正式结婚。可是这个美好的愿望却被好几个意想不到的事情化成了泡影。

芽　儿:什么事情意想不到?

断翅鹰:真是说来话长啊!

芽　儿:你说吧。

断翅鹰:每年农历十月初八,我们村都要唱大戏。晚上,唱完戏就接着比赛摔跤。那天晚上戏还没开,跤旗就插在戏台子的柱子上。我吩咐二圪蛋几句,二圪蛋就跳上戏台把跤旗拔了,向满场的人大喊:"今天我们村的跤手满待各路朋友,比一比谁是英雄好汉。"此话一出,戏场里就像开了锅。本村人担心我们输了,外村人说太欺负人了,不就是个"摔死牛"吗?看谁摔死谁。到快摔跤的时候,戏场已经挤不进人去了,场外也是人山人海。首先叫人意想不到的是在九原培训的巴特尔教练带着三名蒙包市职业跤手也进了戏场。二圪蛋害怕了,香椿也不让我上。我心里没底了。

芽　儿:哦。

断翅鹰:历来摔跤都是小后生先摔,慢慢地淘汰,逐渐大人再上。谁连续摔倒六个人,就是挠羊了。我们组织了本村的十个后生,安排了先后次序,准备对付无法预见的外来跤手。再次令我意想不到的是,开场后根本没有一个小后生,而是齐刷刷地站出六个愣后生。其中有两个蒙古跤手。巴特尔教练说,"我们今天打破常规比一下,高手直接较量。这六个人就代表所有的外来人。'摔死牛',你要是把这六个人全摔倒了,就挠羊了,比赛就结束了。"

芽　儿:哦。

断翅鹰:我没有任何的退路了,转身就脱了个光膀子,把衫子和背心递给香椿。香椿一下抓住了我的手——这是我们相爱以来的头一次——她的手是那样的温热和有力。在众人的目光下,她从容不迫地把一条花手绢系在我的左手腕上。我第一次看见她的眼睛不再迷离,而是明亮、有神,眼神里充满赞许和鼓励,立即给了我无穷的力量和勇气。

芽　儿:你记得这样清楚?

断翅鹰:是的。我用力握了一下香椿的手就上场了。让我意想不到的是,上百人里挑选出来的六个后生,个个都被我干净利落地摔倒在地,场内场外欢呼不断,掌声如雷。我的力气远远没有用完,摔意正浓,但再没人上场了。原来估计天明时才可能结束的比赛,仅仅一个多小时就见了分晓。巴特尔教练拉着我的手说:"小伙子,我们要连夜回蒙包市去了。你如果愿意,可以来我们的摔跤队。"

芽　儿:你就扔下香椿跟着巴特尔走了?

断翅鹰:没有。

芽　儿:那你咋就突然消失了呢?

断翅鹰:我不能说了。

芽　儿:为什么?

断翅鹰:怕你笑话。

芽　儿:不会的。我为你保密。说哇。

断翅鹰:好吧。人们散去后,香椿要我送她回家。我们带着胜利的兴奋和喜悦一起向她家走去。路过一片椿树林时姑娘说不想这么早就回去,要到树林里坐坐。我们在一棵高大的香椿树下停下来,继续谈论刚才摔跤的事情。说到系手绢的事,我们就紧紧地抱在一起,我第一次亲了她,那天我们是头一次握手、拥抱、亲吻。香椿坐在我的怀里,她是那么的欢喜。我捧着她的脸端详着她的面孔,我吻遍了她的嘴巴鼻子和眼睛。她那天的眼睛格外地迷离,舌头像小鱼儿一样在我的嘴里跳跃。我的身体像着了火一样的烫热,我也明显感觉到了她的躁动。我们都渴望再往前迈出一步摘取那个禁果。她说;"那个了,你还要我吗? 你去了蒙包还回来吗?"在我向她做了非常肯定地回答之后,她表现得异常坚决和大胆。我们在爱的烈火中开始升华。

断翅鹰:时间已经很晚了,香椿仍然不肯回去。她靠在我的怀里听我对我们未来生活的设想。她变得像一只猫一样安静。她不断地吻我……突然,我们听到轻轻地脚步声,一个身影像幽灵般地闪了一下,不见了。

芽 儿:你记得这样清楚。

断翅鹰:香椿再不敢坐了。我们站起来长长地吻了许久。香椿依依不舍地回去了。我望着她的背影消失在茫茫的夜色里。我真舍不得离开这片椿树林,于是,我再次坐下来怀着喜悦和幸福的心情回想今天晚上那么多的意想不到,想着,想着,我睡着了——可怕的事情就发生了……

芽 儿:咋了?

断翅鹰:我也不知道自己睡了多久。一股凉风把我吹醒了。我朦朦胧胧地走在大街上,一件更大的意想不到的事情发生了。这件事彻底改变了我的人生,把我推向一个完全陌生的世界,我开始了漫长的九死一生的生活。

芽 儿:什么事? 你到底遇到什么事情了? 你说呀!

断翅鹰:我今天不想说了,想起那件事就有虎口逃生的感觉,我都后怕呢。

芽 儿:不要怕,已经过去了。说说哇,我想听。

断翅鹰:我实在不想提起这些事情,明天再说吧。

芽 儿:你说你有虎口逃生的感觉,事情有那么严重吗?

断翅鹰:是的。

芽　儿:和香椿有关系吗?

断翅鹰:当然有。

芽　儿:咋会呢?

断翅鹰:我不是骗你,是真的。明天再说吧。

芽　儿:你不要走。我想问你,如果没有后头的事情你们会成吗?

断翅鹰:那是肯定的。

芽　儿:你因为她虎口逃生,现在还恨她吗?

断翅鹰:我曾经怨恨过。后来我明白了:香椿是不会害我的,她一定是遇上什么事情了。我还为她担心。

芽　儿:你爱上她后悔过吗?

断翅鹰:我没有。

芽　儿:你,现在还想她吗?

断翅鹰:能不想吗?"十年生死两茫茫,不思量,自难忘……"

芽　儿:你还是那么爱她?

断翅鹰:自从我的生活稳定下来,我就在一个花盆里种了一棵香椿树,尽管北国天寒,不利生长,但是它还是顽强地活了下来。现在已经有两米多高了。每年春天它都要吐出又红又绿的芽儿,到了夏天更是翠绿欲滴。天暖了我让它晒太阳,天冷了我把它捧回家。我把它放在窗台上,放在床头边。我闻着它的香味,看她的绿叶,抚摸它的躯干。它默默地看着我,我默默地望着它,我们什么也不说,我们什么也说。我们都知道对方在想什么。我就这样陪着,守着,想着,看着……我的香椿!

　　(长时间的停顿)

芽　儿:你知道我是谁吗?

断翅鹰:你是?

芽　儿:我就是香椿啊!

断翅鹰:你是香椿?

芽　儿:是啊! 我是香椿啊……你快开了视频哇!

(芽儿开通视频)

芽　儿:你为什么不开呀?

(暂短的沉默)

芽　儿:你说话啊。我看不见你——真是你吗?

断翅鹰:我没有视频。我能看见你。你哭了。

芽　儿:我看不见你——快 30 年了,你死到哪里去了!

断翅鹰:不要哭,不要哭。

芽　儿:你为什么不让我看见你啊? 真是你吗? "摔死牛",你看见我了吗?

断翅鹰:我看见了,你不要哭。

芽　儿:你好吗?

断翅鹰:好。你也好吧?

(停顿)

断翅鹰:香椿,你怎么了? 你为什么趴在桌子上了?

(停顿)

断翅鹰:你怎么了? 香椿,你起来啊!

(停顿)

芽　儿:哥。

断翅鹰:你不要哭。

(停顿)

芽　儿:哥,我终于找到你了。我找你找得好苦啊。

断翅鹰:香椿。

芽　儿:哥,你为什么不要我了……

断翅鹰:香椿不要哭。

(停顿)

芽　儿:你说,你为什么不要我?你好狠心啊!

断翅鹰:不是的,香椿。你不要这样……

芽　儿:你知道我这些年是咋活过来的吗?

断翅鹰:你太激动了。我们明天再聊,好吗?

芽　儿:哦,哥,我以为再也见不到你了。

断翅鹰:香椿。

芽　儿:我终于寻见你了。

断翅鹰:你太激动了。该休息休息了,我们明天再聊,好吗?

芽　儿:你明天上午能说话吗?

断翅鹰:可以。

芽　儿:明天上午8点我等你。

断翅鹰:哦。

芽　儿:你一定买个视频。

断翅鹰:哦。

芽　儿:哥!

断翅鹰:再见,香椿。

芽　儿:明天我等你。

断翅鹰:好的。

芽　儿:再见。

断翅鹰:再见。

三

芽　儿:你好。

断翅鹰:你好。(图片:握手)

芽　儿:今天不上班行吗?

断翅鹰:可以的。

芽　儿:你愿意和我说话吗?

断翅鹰:当然愿意。

芽　儿:愿意说真话吗?

断翅鹰:香椿,你怎么这样说?

芽　儿:回答我,愿意说真话吗?

断翅鹰:当然愿意。

芽　儿:我昨晚想了一夜,我不能确定你的话是不是真的。我问我自己,还敢相信这个消失多年远在天边的挠羊汉吗?

断翅鹰:你不要这样想,我说的全是真的。

芽　儿:那我问你,你过得好吗?

断翅鹰:(停顿)

芽　儿:……你说呀。

断翅鹰:我,能活。

芽　儿:你能活。你知道我能活吗?

断翅鹰:我……

芽　儿:我能想象到你过得好。所以,你把我忘得一干二净了。

断翅鹰:我没有。

芽　儿:没有?那你怎么不找我?你知道我为你受了多少气吗?

断翅鹰:我不知道,你说吧。

芽　儿:你不知道?你根本就不想知道。我昨天忍不住又叫你哥了,我真后悔啊。

断翅鹰:香椿,你不要生气,慢慢说。

芽　儿:你走了,没事了。可是,你把我害苦了。

断翅鹰:我把你害苦了?

芽　儿:是啊。

断翅鹰:我的情况你不知道吗?

芽　儿:我咋能知道?

断翅鹰:臭椿没有对你说?

芽　儿:臭椿?她知道?

断翅鹰:是啊。

芽　儿:我多年没见她了。她知道甚?

断翅鹰:这个臭椿。

芽　儿:她见过你?

断翅鹰:是的,她说你嫁给二圪蛋了,说你过得很好,生活富裕、心情愉快、美满幸福。

芽　儿:胡说,她尽胡说。我差点就死了,还美满幸福?她的话你也信?

断翅鹰:你过得不好吗?

芽　儿:你说,我能好吗?我能好吗?

断翅鹰:哎,我不知道。是我害了你。

芽　儿:是你毁了我。

断翅鹰:我?毁了你?

芽　儿:你知道我过的啥日子吗?

断翅鹰：我不知道，我一直以为你过得很幸福呢。

芽　儿：你没良心，你是个没责任心的男人。

断翅鹰：香椿，你先不要骂我，说说你的情况吧。

芽　儿：我当然要说。我找你就是有一肚子的话。

断翅鹰：说吧。

芽　儿：那天晚上我离开椿树林回到家里，臭椿已经睡下了。父亲黑着脸在抽烟，当他看见我回来时上来就是一巴掌，我一下子就被他打倒了。他像要吃了我似的问："你和他鬼混了？"我不敢不承认，含着泪点了点头。他又把我提起来，重重地摔在地上，然后就走了。

断翅鹰：他怎么会发现得那么早？

芽　儿：是臭椿告发的。那个时候她趴在被窝里眼睁睁地看着父亲打我，一言不发，很得意——原来，我们看见的那个影子就是她。

断翅鹰：原来是她。她把我们害苦了。她为什么要那样啊？

芽　儿：你没有感觉到吗，她也爱上了你。

断翅鹰：我一点也不知道。

芽　儿：哦，她的结果也不好啊。

断翅鹰：你继续说吧。

芽　儿：等父亲回到家的时候，已经是后半夜了。他一句话也不说，坐在小板凳上不停地抽烟，快天明的时候，他站起来扔下一句命令"你们谁也别出去"就走了。中午过后父亲回来了，带着一股酒味儿，但没有醉。他板着脸指着臭椿恶狠狠地说："你，明天就离开村子，越远越好。再不要回来！"臭椿不敢说话，愣住了。他又恶狠狠地指着我说："你，准备嫁人！二圪蛋。我说好了。"还不等我们反应过来,他把门咔嚓一声锁上就又走了。我们半天没有醒过神儿来,谁也不说话,屋里静得怕人,像死了人似的。过了一会我们两个人才呜呜地哭起来。第二天天还没有亮,臭椿走了,再也没有回来。

断翅鹰:你再也没有见过她吗?

芽　儿:没有,我不知道她的下落。

断翅鹰:我倒是见过她。

芽　儿:在哪里?

断翅鹰:在蒙包。——先说你的事吧。

芽　儿:你走后两个月,我成了二圪蛋的新娘子。

断翅鹰:唉。

(长时间地沉默)

芽　儿:我不敢反抗父亲,可我心里放不下你,我悄悄地打听你的消息,等你来找我。可等来等去不见你,再过几天就是成亲的日子,我简直就要急疯了。

断翅鹰:唉。

芽　儿:就在成亲的前十天,我头一次偷跑出来……

断翅鹰:头一次?

芽　儿:是的,为了找你,我偷跑过好几回。

断翅鹰:唉。

芽　儿:我怀着一肚子的不解和怨恨到蒙包市去找你。我以为你去找巴特尔教练去了。可是他说你没有去。我再也没有地方找你了。我不想回去,又不知道该去哪里找你。正当我漫无目的的在车站徘徊的时候,我父亲和二圪蛋找我来了。

断翅鹰:其实,那时候我就在蒙包。

芽　儿:你在蒙包?

断翅鹰:是啊。

芽　儿:那你咋不见我?

断翅鹰:我不能。

芽　儿:咋不能?

断翅鹰:我……以后告诉你。你先接着说你的。

芽　儿:他们找到我,像逮着逃犯一样把我看起来。其实他们不知道我的心早已经死了。他们像传说中的赶尸一样把我赶回到村里,又像操作木偶一样把我操作着嫁给了二圪蛋。

断翅鹰:哦。

芽　儿:一开始二圪蛋对我很好。我知道他喜欢我。但是他们把我像看犯人一样看着,怕我再跑了。一段时间我连自由也没有。

芽　儿:我想你,可是我不知道你去了哪里? 我原来以为你把我那个了,不管我了,跟巴特尔走了。可是我到蒙包也没有找见你,我就不知道事情到底是咋了? 我天天偷偷地哭,后来我就病倒了。

断翅鹰:哦。

芽　儿:在我的病还没有完全好的时候,我们的儿子出生了。

断翅鹰:我们的儿子?

芽　儿:是的。是我们的儿子。

断翅鹰:你能确定?

芽　儿:能,毫无疑问。他长得非常像你。

断翅鹰:他多大了?

芽　儿:26 了。

断翅鹰:他做什么?

芽　儿:他在九原市里开出租车。

断翅鹰:结婚了吗?

芽　儿:没有。

断翅鹰:他知道我们的事情吗?

芽　儿:知道。

断翅鹰:你怎么要让他知道啊?

芽　儿:我本来不想叫他知道。我不想让任何人知道,可是,我瞒不下去。

断翅鹰:为什么?

芽　儿:为什么? 这就是你造的孽。

断翅鹰:……

芽　儿:儿子出生后,二圪蛋一家欢天喜地得不得了,但是他们很快就发现事情不对头。一是我们结婚才八个月,不符合十月怀胎的规律。二是孩子还没过满月就长得十分像你。三是二圪蛋本来就知道我们相好的事情,又联想到我跑到蒙包的事情,联想到我不死不活心事重重的事情,他就断定这个孩子是你的。

断翅鹰:哦。

芽　儿:我还在月子里,他就天天追问到底是谁的孩子,开始我不说,我不想把我们的事情告诉他,后来他就打我,就往死里打我。我的身上脸上被他打得红伤黑印。我的头发被他揪下一绺一绺的。

断翅鹰:唉!

芽　儿:那天,我豁出去了。我就把事情的真相全告诉了他们。然后我就跑回了娘家。我有我的主意。我要和二圪蛋把这个事情说个样。他如果嫌我不好,可以不要我。如果要我就必须好好待我和我的孩子。但是,我的主意落空了。我的父亲见我回来就大发雷霆。他说:"你回去!"我哭着求他,他说:"以后再也别回来。就是死也必须死在二圪蛋家。"他把我逼回二圪蛋的家里,又说:"那个人死了,你死了那条心哇。"

断翅鹰:他太绝情了。

芽　儿:但是,我的心没有死。只要他们不打死我,我就还要去找你。孩子满月后,我再次偷偷地跑了出去。那天晚上,天下着大雨。半夜里我悄悄地爬起来抱上我们的孩子,跑出了他家。我不知道你在哪里,也不知道你是死是活,但是,我要找到你,我是你的人,孩子是你的孩子,要活我们活在一起,要死我们也死在一起。

断翅鹰:香椿!

芽　儿:我冒着大雨出了村,往进城的路上走。头上响雷,眼前打闪,天黑,路滑,孩子哭我也哭。我不知道走了多长时间,也不知道摔了几跤,我就顺着那条路走啊走啊……

断翅鹰:哦,香椿,你不要哭。

芽　儿:我走了半夜,快天明的时候我到了城门口。再过一小时我就可以走到火车站了。可是,怀里的孩子哭得厉害起来,我想他是凉了或者是饿了,就坐在路边给他喂奶。就在孩子吃奶的时候,二圪蛋他们来了,他们追我来了。他打我,一直把我打回家。那时我坐月子才35天啊。

断翅鹰:你不要哭。我对不起你啊。

芽　儿:回到家,我又病起来,这一次整整病了半年,我浑身疼痛。医生说是风湿性神经官能症。月子里的病是好不了的,多少年来,这个病快把我折磨死了。

断翅鹰:你受苦了。

芽　儿:那时候我真想死。你走了,父亲不管我了,二圪蛋经常打骂我,我还有啥活头?可是我可怜我的孩子,我死了,他咋办啊?

断翅鹰：是啊……后来呢？

芽　儿：我说不行了，你让我歇歇再说。

断翅鹰：哦。你休息吧。我们晚上说。

芽　儿：我……

断翅鹰：你不要哭，歇歇吧。

芽　儿：哦。

断翅鹰：晚上见，好吗？

芽　儿：哦，晚上见。

四

2008.05.04　20:00:00

断翅鹰：你好，香椿。

芽　儿：哦。

断翅鹰：你父亲还活着吗？

芽　儿：死了。

断翅鹰：死了？

芽　儿：8年了。

断翅鹰：哦，他活了多大年纪？

芽　儿：89。

断翅鹰：真是赖人活千年啊！

芽　儿：你是好人？

断翅鹰：我，我当然是好人。

芽　儿：那你咋就扔下我不管了？

断翅鹰：我真不能管你了，但我是好人。

芽　儿：是吗？那你说说。

断翅鹰：还是你说吧，你接着上午说。

　　芽　儿:好,我就说。我的事情暴露后村里的人都笑话我,骂我。说我是个被人耍了的赖女人。是个怀着野种嫁人的骗子。那个时候是我最不想活的时候。没有人理解我,关心我,也没有人同情我,更没有人帮助我。你不要我了,我也找不见你。我不知道我将来能活个什么下场。我吃不下饭,睡不着觉,浑身疼痛。我再也不想跑了。世界那么大,我该去哪里找你啊。我还有甚活头?

　　断翅鹰:唉。

　　芽　儿:二圪蛋把我从城里抓回来的第三天,我抱着孩子来到牧马河边。孩子在我的怀里睡得很香。我坐在河边看着滚滚的河水,我不知道我该不该去死。我用村里人的办法给自己打了一卦。我把我的一只鞋脱下来,让它来决定我的死活。我在心里说:我把这只鞋扔出去,如果鞋口朝上,那就预示着将来我们将来还能团圆,我就活下去。如果鞋口朝下,那就预示我再也见不到你了。我就去死。

　　断翅鹰:啊,你相信这个?

　　芽　儿:我本来不相信。可是那时候我信了。我看不到一点希望,我该相信什么?

　　断翅鹰:结果呢?

　　芽　儿:结果?我把鞋向河边扔出去,它翻滚了几下,最后鞋口朝下死死地躺在那里——就是说,我再也见不到你了。我该去死啊。

　　断翅鹰:啊?

　　芽　儿:我该去死了。该死了。我哭着站起来,把扔出去的鞋穿好。我向四周望了望,天灰蒙蒙的,太阳死气沉沉的,周围全是半人高的高粱,没有风,也没有人,只有河水在哗哗地响,在哗哗地流。

我流着泪,抱着孩子向河里走去。

断翅鹰:香椿,你……

芽　儿:就在我的一只脚踏进水里的一瞬间,突然我怀里的孩子哭了。他哭得那么厉害。简直是撕心裂肺。他的哭声把河水的声音也压下去了。他不仅放声大哭,而且在怀里蹬我踢我。我突然清醒了:我的儿子不想死,他不让我死。

断翅鹰:是啊。你多危险啊。

芽　儿:我跑到河岸上,紧紧地抱着孩子号啕大哭。

断翅鹰:唉。是我害了你啊。

芽　儿:哭了一阵后,我觉得心里轻松了一些。我在心里说,孩子不能死,他没有罪,他还没有见他的爹。我也不能死。我死了谁疼我的孩子?谁养活孩子?我不死,我要活,再苦再难我也要把孩子养大,我也要找到你。

断翅鹰:是啊——你别哭了。你歇会儿再说吧。

芽　儿:哦……漫长的日子就这样不死不活地开始了。可是,二圪蛋心里究竟放不下这件事。他觉得委屈,所以什么活也懒得做。后来他开始喝酒。一天三顿喝酒,整天酒醉,迷迷糊糊的。有时候烂醉如泥。高兴了下地做些活,不高兴了就喝酒。家里喝多了就辱骂我,折腾我;外边喝多了就睡在大街上。后来他和别的女人好上了,有时候几天不回家。挣了钱也不往家里拿。我也不想管他,随他去吧。他打骂我,我恨他。可我也觉得是我对不住他。他的心里也不好活哇。

断翅鹰:那你们怎么活呢?

芽　儿:你走的第二年村里分了地,我和他母亲种地,凑合着活。

断翅鹰：哦。

芽　儿：到后来，他也不打我了。我们谁也不管谁了。他母亲死后，他就很少回家了。我们没有离没有散，名义是夫妻，日子各过各的。真正苦了的是我的孩子。

断翅鹰：是啊。

芽　儿：我靠种地维持我们母子的生活，孩子的吃喝穿戴根本不能和别人的孩子比。尤其是念书，孩子上了一年高中，见我供不起他念书就主动不上学了。跑到人家的客车上卖票去了。

断翅鹰：哦。

芽　儿：后来，后来又学会了开车。开始给人开出租车，没日没夜地干。为了方便，他在城里租了房，我就跟他住下来，为他做饭洗衣服。他见我闷得慌，就给我买了电脑，教我上网。我就开始在网上寻找你。

断翅鹰：哦。

芽　儿：儿子起初不同意寻你，后来也就不管了。他说不可能找到你了。30 年了，你也许早死了。有时候我觉得你真不在这个世界上了。可是我不甘心，我活一天就要找你一天。三年了，我天天和陌生人聊天。我问人家是不是九原人，只要他说不是，我就再换一个。

断翅鹰：哦。

芽　儿：今天我终于找到你了。

断翅鹰：是啊，想不到 30 年后我们在网上重逢了。

芽　儿：也许你发财了，富贵了。也许你忘记我了，但是我不管。我只问你当初咋就偷偷地走了？

断翅鹰：不是我要走。

芽　儿:不是你要走? 那是谁要你走?

断翅鹰:是你父亲。

芽　儿:我父亲?

断翅鹰:是的。

芽　儿:你就那么听他的话?

断翅鹰:不是。

芽　儿:那是咋?

断翅鹰:也可能是命运的安排。

芽　儿:命运?

断翅鹰:是的,从那一夜起,我的命运就发生了天翻地覆的变化。命运把我抛到万劫不复的深渊。我已经不是我了,再不是你眼中的挠羊汉了。

芽　儿:你再没有摔跤?

断翅鹰:没有。

芽　儿:你知道吗? 自从你走后,我就更操摔跤的心了。咱九原是跤乡,年年都要摔跤比赛。年年我都要去看,我总觉得你会出现在跤场上。可是年年没有你。我年年失望啊! 我问别的摔跤汉见没见过你, 他们都说不知道。他们也奇怪红极一时的摔死牛到底咋了? 就是被仇家害了也该有个尸首呀。

断翅鹰:其实我和死了也差不多。

芽　儿:不光是九原的比赛,就是外省的比赛,只要我知道,我也要打听有没有你。我还专门到蒙包看了一回摔跤比赛。我又找到巴特尔问他知道不知道你的下落。他说"你别找他了。找到他还不如找不到的好。"我问他甚意思,他就说甚也不知道。

断翅鹰:他说得对。

芽　儿:对?

断翅鹰:是的。还是找不到的好。

芽　儿:你就是变心了,就是不要我了。你怕我讹上你?

断翅鹰:不,不是的。

芽　儿:那是咋啦?

断翅鹰:你根本想象不到发生了什么事情。明天说吧。

芽　儿:你说哇!

断翅鹰:今天不早了,明天我把一切都告诉你。

芽　儿:那你把视频开了,我想看看你。

断翅鹰:我没有。

芽　儿:你骗人。

断翅鹰:我真没有。

芽　儿:有电脑没视频?我不信。

断翅鹰:我不和人视频。

芽　儿:咋啦?

断翅鹰:我的故事讲完了你就知道了。

芽　儿:我不等你讲完。你明天就去买一个。

断翅鹰:哦。

芽　儿:那明天见。

断翅鹰:明天见。

五

2008.05.05　　08:00

芽　儿:你来了。

断翅鹰:来了。

芽　儿:买下视频了吗?

断翅鹰:没有。

芽　儿:你咋这样呀!

断翅鹰:香椿,你不要逼我。

芽　儿:我逼你? 你不想让我看见你?

断翅鹰:哦。

芽　儿:咋啦?

断翅鹰:先不说这个,好吗?

芽　儿:你变了。你和我耍起心眼了。

断翅鹰:不是耍心眼。

芽　儿:那是为甚?

断翅鹰:我说过,我已经不是我了。

芽　儿:不是你了? 你不是摔死牛?

断翅鹰:我不是那个意思。

芽　儿:那是咋啦? 你说你九死一生,万劫不复,是指甚哩?

断翅鹰:这些伤心事我本来不想说。可是现在看来应该告诉你了。

芽　儿:你先说,你咋就扔下我突然跑了? 咋就再也没影儿了? 我哪里对不住你?

断翅鹰:不是我要扔下你,也不是你对不住我。是你父亲毁了我们。

芽　儿:到底是咋回事?

断翅鹰:那天,你回去后我就坐在大树下睡着了。当我醒来时大约是半夜的 3 点左右。我迷迷糊糊地走在大街上。我好像看见一个高大的身影慢慢地向我走过来。我根本就没有在意,可是在他走近我一两米的时候,突然向我扑来,一下就把我扛起来摔在老远的地上。我只觉得脑袋轰的一声,就失去了知觉。

芽　儿:是谁?

断翅鹰:当我有些意识的时候,觉得浑身又疼又软,没有丝毫力气。我像面条一样趴在一个人的肩上。是他扛着我往前走。我不知道他是谁,也不知道他要把我扛到哪里去。后来我听见了牧马河哗哗的水响,我的脑袋渐渐地清醒起来。我在他的肩上动了一下,轻轻地呻吟了一声。他停下来——如果不是我呻吟那一声,他可能以为我死了,就要把我扔进河里了——他停下来,站了一会儿,把我放下来。我不敢说话。他也不说话。他一脚踏住我的肩膀,抓起我的左手猛然间就是一拧,我的胳膊咔嚓一声被拧断了,一阵剧烈的疼痛钻进我的胸口,我痛苦地叫了起来。这时那个人说话了:"你敢欺负老子!"说完话他转身就走,没走几步又扔下一句:"滚远些!再回来,抬死你!"然后就慢腾腾地走了。

芽　儿:他是谁? 是谁?

断翅鹰:他是我的师傅,你的父亲。

芽　儿:胡说,不可能。

断翅鹰:是他。肯定是他。

芽　儿:你看清楚了?

断翅鹰:没有。

芽　儿:那你凭甚说他?

断翅鹰:我的第六感觉告诉我的。

芽　儿:第六感觉?

断翅鹰:他也是个挠羊汉。大家叫他"饿虎"。他其实没有真正地摔过几次跤,但是他的名气在九原大得很。听老人们说,那年日本人在九原修炮台抓了很多人,把他也抓去了。后来日本人知道他会摔跤，就同时上来三个日本兵要和他摔，他不能不摔也不想认输，就把那三个鬼子摔得爬不起来。鬼子不说理，端着刺刀一个一个地上，他又把鬼子全部摔倒。从此"饿虎"的名字轰动九原，妇孺皆知——这些你知道吗?

芽　儿:我知道。

断翅鹰:叫他"饿虎"，是因为他有几个特点，一是生来就板着个脸，从来没有笑过。二是说话极其简短，从没连着说过一段话，声音不高，拖声带气。三是走路慢慢腾腾，像饿坏了似的。四是为人歹毒，蛮横无理。五是摔跤时先是慢条斯理，一旦瞅准机会却异常敏捷，力量大，出手快，只要一下就能把对方摔倒，根本不用第二个回合。

芽　儿:我知道。

断翅鹰:你说，从我迷迷糊糊地看见他直到他离开我，哪一点不像他呢?

芽　儿:哦，他为甚要这样啊?

断翅鹰:当时，我根本没有多想。我知道他真能把我弄死。九原是不能呆了，我想到了巴特尔教练，我想去投奔他。

芽　儿:哦。

断翅鹰:我在河边躺了一会儿，忍着疼痛爬起来。我不想让人们看见几小时前的摔跤英雄突然变得如此狼狈不堪。我想在天亮前就离开九原。我要过河去，到九原市搭火车去蒙包。我用右手抱着疼痛的左手一步一步地向河里走去。冰冷彻骨的河水漫过了我的脚面，膝盖，大腿，逐渐达到肚脐的时候，一个浪头过来一下把我卷进河里。

芽　儿:啊!

断翅鹰:我从小在河边长大,会游几下,可是我的左臂已经断了。我只能在水里跌打翻滚,我昏昏沉沉地被河水冲了四五里远。也不知道自己喝了多少河水。我觉得我的末日到了,没有一点生的希望了。但是我不想死,我不能这样不明不白地去死。

芽　儿:是的,你不能死了。

断翅鹰:突然,我的头撞在一个什么地方,我被撞醒了。我感觉到我不再漂游了,该停下来了。我用右手乱摸,一下子就摸到一根木头。我像遇到大救星似的死死抓住它再也不松开。我拼命地站起来,看见一排扎在河里的木栅栏——是生产队拦截河水浇地用过的木栅栏。我用一只手一根接一根地抓着木头,深一脚浅一脚地向河岸挪动。我终于爬上了岸,我终于没有死。

芽　儿:哦,后来呢?

断翅鹰:天快亮了。我咬着牙站起来,正是秋末冬初的季节,我的身上一阵一阵的冷。因为不想让人看见,我沿着田埂走,沿着水渠走,我用右手拨开茂密的高粱叶一步一步地向前走。实在没有力气了,我就嚼着吃干涩的高粱穗,喝浑浊的雨水。在太阳还没有正午的时候,我终于到达了九原火车站。

芽　儿:你说的是真的?

断翅鹰:我为什么要骗你? 你不相信?

芽　儿:我信,我没想到是这样。

断翅鹰:已经中午 1 点多了,你该吃饭了。

芽　儿:原来是这样啊,我咋就没想到呢。

芽　儿:后来呢?

断翅鹰:晚上说吧。

芽　儿:现在就说吧,我想知道。

断翅鹰:晚上吧。反正一下说不完。只要你愿意听,我全告诉你。

芽　儿:我现在明白了。那天父亲打了我以后把我们锁在家里就走了。他一定是打你去了。然后他半夜才回来,那会儿已经把你扔在河边了。

断翅鹰:是的。

芽　儿:那会儿你咋就要走? 你就不会返回来?

断翅鹰:我不可能天天防备他。但是说不定哪天他真能把我弄死,而我是不敢弄死他的。

芽　儿:哦。

断翅鹰:还有,我想我去了蒙包,养好胳臂我就能参加巴特尔的摔跤队。到那时,我就把你接过去。你父亲就鞭长莫及,奈何不了我了。

芽　儿:你这样想过?

断翅鹰:是的,我当时就是这个主意。

芽　儿:那后来咋啦?

断翅鹰:后来的事情就更惨了,连我也没有想到。

芽　儿:咋啦?

断翅鹰:后来的事情彻底改变了我。我不仅不能参加摔跤队,而且也不能接你了。

芽　儿:到底咋啦?

断翅鹰:晚上说吧。

芽　儿:晚上几点?

断翅鹰:8 点。

芽　儿:7 点哇,我等你。

断翅鹰:好吧。再见。

芽　儿:再见。

六

2008.05.05　19:00:00

芽　儿:你好!(图片:握手)

断翅鹰:你好。(图片:握手)

芽　儿:我等你很久了。

断翅鹰:谢谢。你的网名为什么叫"芽儿"?

芽　儿:你真笨。香椿芽儿嘛。

断翅鹰:哦,我怎么就没有想到呢?

芽　儿:你咋要叫"断翅鹰"?

断翅鹰:因为我的名字里有个英字。也因为我的翅膀断了。

芽　儿:翅膀断了?

断翅鹰:是啊。

芽　儿:咋就断了。

断翅鹰:我说完你就知道了。

芽　儿:你接着说哇。

断翅鹰:说到哪里了?

芽　儿:你到了九原火车站。

断翅鹰:其实我是从高粱地里爬进车站的停车场的。当我出现在停车场上的时候,我的模样还不如一个叫花子。我的衣服早已被河水剥走了。我只有一件沾满污泥浊水的短裤。我的脸上、背上、肚上、腿上、脚上,都被高粱叶子和杂草划出了无数血口子,泥泞和血渍布满全身。我没有一分钱,只有扒货车去蒙包了。料场上铁道遍布,车头和车厢像被斩断了的死蛇一样,东一截西一截地躺在铁道上。我根本不知道哪个货车是发往蒙包的。我顾不了那么多了，只要是车头向北的就可以。我在停车场里寻找，终于看见一列车头向北的货车正在呼呼地冒白气。我穿过好几个列车来到这个又长又黑的货车前，用上全身的力量，一只手打开车厢的大铁门，钻了进去。

芽　儿：哦，你受苦了。

断翅鹰：我在车厢的一个角落里坐下来，我看见这是一节空荡荡的拉过煤的车厢。长方形，像一口没有盖子的棺材。火车开动了，我的心里有一种说不出的欣喜。我终于出发了，火车将拉着我去我想去的地方了。火车逐步加快了速度，咣当咣当的声音十分有节奏，而且越来越快。凉风在车厢里盘旋吹打。我全身像刀割似的在疼。我蜷曲在那个角落里，困乏极了，很快就睡着了。不知道过了多久，我做了一个梦，梦见我倒在寒风凛冽的雪地里，那么冷！我呼叫你的名字，你却用力地踢我打我，狠狠地拧我的耳朵和鼻子，我终于被你拧醒了。

芽　儿：哦。

断翅鹰：我醒了。天在下雪，是那年的头一场雪。雪花不是絮状的而是像米粒似的。它好像已经下了些时候了，我的身上已经落了那么厚厚的一层。我坐在雪地里，浑身冰冷麻木，站不起来。我的腿脚已经不由我指挥了。疼痛的左臂也不疼了，右手也只有麻的感觉却抬不起来了。我的嘴巴在不停地颤抖，上下牙齿磕得叭叭直响。紧接着全身也抖擞起来。我这才明白我快被冻死了。火车依然在一阵阵的轰鸣声中飞速前进。车厢里的狂风在呼啸翻卷，雪粒被狂风甩在车厢上啪啪直响。我除了眼睛还可以眨动以外，什么也不会动了。我想呼叫，可是嘴里发不出一丝声音来。一会儿，我又昏了过去。

芽　儿:啊!

断翅鹰:朦胧中我再次听见你在叫我,我也好几次呼唤你的名字:"香椿啊香椿!"然后你把我扶起来,我们一起走下去。我们穿着厚厚的棉衣来到那片椿树林里,在那棵高大的香椿树下坐下来。我们紧紧地抱着,一点也不冷。我的心里和身上热乎乎的。可是当我想亲亲你时,我的嘴巴却在不停地抖动,牙齿不停地哆嗦。你突然恼了,猛然把我推进雪地里。我就在雪地睡着了。

芽　儿:你梦见我了?

断翅鹰:是啊。

芽　儿:我不知梦见你多少回了。

断翅鹰:你梦见了什么?

芽　儿:奇怪的是,我总是梦见同一个梦。

断翅鹰:一样的?

芽　儿:哦。我总是梦见我找到你了,可是你不认我。我就哭着喊着追你,后来又找不着你了。

断翅鹰:严格地说,我那不是梦,是幻觉。其实那个时候我已经在火车上昏死过去了。

芽　儿:啊,后来呢?

断翅鹰:我不知道这样过了多长时间,等我再醒来时,我已经躺在火车上的锅炉旁。一个年轻后生守在我身边。他扶我坐起来,给我穿上一套半新的劳动布棉衣,给我端来一大碗热腾腾的面条和开水。

芽　儿:你得救了,遇上好人了。

断翅鹰:是啊。是他在检查车厢时发现了只有一口气的我,把我背到锅炉旁。他问我要去哪里？我说去蒙包。他说，现在是在一个中转站。火车要在这里停留两个小时后再走，叫我就在锅炉房休息。其实我根本就站不起来了，我的全身都肿了。脚、手、耳朵、鼻子，还有断了的胳膊又麻又疼。年轻人拿来一把热毛巾，为我擦脸，他忽然认出了我，非常惊诧地说："摔死牛，是你啊！你怎么成了这个样子？我昨天还去你村看你挠羊呢，怎么一下就成了这个样子了？"

芽　儿：是啊，太惨了。

断翅鹰：望着这个小伙子，我像是见到亲人一样，放声大哭起来。我一边哭一边向他讲述了摔跤以后发生的事情。小伙子听得都发了愣。他认为打我的肯定是摔跤的仇人而不是我师傅。"你师傅为什么要把你弄死呢？"

芽　儿：是呀？为甚呀？

断翅鹰：……今天不早了，你看已经半夜两点了，明天再说吧。

芽　儿：哦，可是我不想下。你继续说哇。

断翅鹰：你还恨我吗？

芽　儿：我不知道你是这样走的。

断翅鹰：你说，如果不发生意外我能离开你吗？

芽　儿：就是嘛。

断翅鹰：我们相好了好几年，你还不了解我吗？我是那样的人吗？

芽　儿：我知道了。你受罪了。

断翅鹰：唉，更大的罪还等着我呢。

芽　儿：没完？

断翅鹰:是啊。今天休息吧。

芽　儿:(停顿)

断翅鹰:明天再说,好吗?

芽　儿:哦,明天8点一起上网。

断翅鹰:好的。

芽　儿:再见。

断翅鹰:再见。

七

2008.05.06　08:00:00

芽　儿:你好。(图片:握手)

断翅鹰:你好。(图片:握手)

芽　儿:我一夜没睡好,哭了好几次,我咋也没想到事情是这样哇。

断翅鹰:我也是难以入睡。

芽　儿:你受苦了。

断翅鹰:唉!

芽　儿:可是我爹为甚要那样?

断翅鹰:为甚?你听我说。我在锅炉房躺了一个小时后,火车要开了,小伙子忙他的去了。我开始想他说的"师傅为什么要弄死你"的问题。毫无疑问,要弄死我的肯定是你父亲,因为我太熟悉他的模样、步态、手法、声音和歹毒了。可是我和他无冤无仇啊,他为什么要下如此毒手呢?

芽　儿:是呀。

断翅鹰:想着想着,我忽然想起一句话来。那是他把我扔在河岸上拧断我的胳臂后说的一句话:"你敢欺负老子。"那么,我哪里欺负他了呢？后来，我似乎想明白了，而且是越想越明白了，问题就出在你身上。

芽　儿：我身上？我咋啦？

断翅鹰：你听我说。你父亲其实不是我真正的师傅，咱农村人摔跤从来就没有什么师徒之说。我称他师傅是因为他是我的前辈，也教过我一两招——我不想叫他师傅了——叫他"饿虎"吧。他为人狠毒残暴，蛮不讲理，在村里是一霸，但是他上不了正经台面，所以想让有文化又漂亮的你找个国家干部。

芽　儿：是的，他说过。

断翅鹰：他是想通过你改换门面，遮遮他的臭名。但是他没有想到你和我好上了。他一定是知道了我们在椿树林发生的事情。一是认为我藐视了他的威风，打乱了他的算盘；二是以为我欺负了他的女儿。

芽　儿：哦。你就是"欺负"了人家嘛。

断翅鹰：不能说欺负——所以他对我下了毒手，要把我整死，或者赶走。

芽　儿：原因就这么简单？

断翅鹰：是啊，就这么简单。你知道吗？有些事情不一定有多么复杂的原因，也不一定有多大的利益冲突，或者是什么深仇大恨。有可能是思维的问题、文化的问题或者性格的问题。简单的原因就可能导致复杂的重大事件。

芽　儿：哦。你不要说得那么深奥。就说后来咋了？

断翅鹰：他就什么也没有说吗？

芽　儿：他至死也没说。那天我感觉到发生什么事情了，可是我不敢问他。

断翅鹰:哦。

芽　儿:你咋不去买视频?

断翅鹰:我……不想用那个东西。

芽　儿:我就这么个要求你也不能答应我?

断翅鹰:不是。

芽　儿:那是啥?

断翅鹰:我能看见你。

芽　儿:我也想看见你。

断翅鹰:你没有变。你的鼻子还是那样尖,下巴还是那样翘,眼睛还是那样迷离。没有变。

芽　儿:你呢? 变了?

断翅鹰:我? 我已经不是我了。如果你见了我一定不敢认我了。

芽　儿:咋啦?

断翅鹰:你想不到,真想不到。

芽　儿:你说哇。

断翅鹰:再说吧,你该吃饭了。

芽　儿:你咋总是说吃饭吃饭的,你不愿意和我说?

断翅鹰:不是。

芽　儿:是不是有人管你了? 人家不高兴了?

断翅鹰:不是。

芽　儿:我知道了。你不开视频也是怕人家不高兴吧?

断翅鹰:不,你别瞎猜。没人管我。

芽　儿:没人管?

断翅鹰:是的。

芽　儿:你,你老婆不在?

断翅鹰:老婆? 我没有。

芽　儿:你没有老婆?

断翅鹰:没有。

芽　儿:一直没有? 还是离了?

断翅鹰:一直没有。

芽　儿:你没成家?

断翅鹰:没有。

芽　儿:真没有?

断翅鹰:真没有。

芽　儿:一个人?

断翅鹰:一个人。

芽　儿:咋哩?

断翅鹰:不咋。我只能一个人过了。

芽　儿:到底咋啦?

断翅鹰:……

芽　儿:是不是因为……我。

断翅鹰:也是,也不是。

芽　儿:你说说。

断翅鹰:(沉默)

芽　儿:咋啦? 你说呀。

断翅鹰:(沉默)

芽　儿:你现在咋生活呢?

断翅鹰:等我的故事讲完了,你就知道了。

芽　儿:你讲吧。

断翅鹰:先吃饭吧。吃完饭再说。

芽　儿:你一个人咋吃呢?

断翅鹰:我上街吃去。

芽　儿:天天这样吗?

断翅鹰:基本如此。

芽　儿:你咋不成个家呢。你应该有个家了。你不能因为我……

断翅鹰:家? 我还能有个家吗?

芽　儿:你现在咋生活呢?

断翅鹰:晚上说吧!

芽　儿:哦……

断翅鹰:晚上见。(图片:握手)

芽　儿:晚上见。(图片:握手)

八

2008.05.06　19:00:00

芽　儿:你好。

断翅鹰:香椿。

芽　儿:我想问你,你真没有成家吗?

断翅鹰:真没有。

芽　儿:咋不娶个女人? 你是在等我吗?

断翅鹰:不是的。我不敢等你。

芽　儿:不,你说实话。是等我吗?

断翅鹰:不是。

芽　儿:你那么英俊的人还没人爱吗?

断翅鹰:我还英俊? 哈哈,我还英俊? 你说的我快哭了。

芽　儿:咋啦?

断翅鹰:等我的故事讲完了,你就明白了。

芽　儿:是吗? 那你说哇。

断翅鹰:那列货车达到蒙包后,我全身都浮肿了,我已经不能动了。那个小伙子把我背回他的宿舍,为我去找巴特尔教练。教练来了,他看见我的样子大吃一惊。等把事情弄明白以后,他把我送进一家医院。三天后医生告诉我,耳朵、鼻尖和右脚的脚趾全冻坏了,保不住了。断了的胳膊也很难恢复原状,只能尽力而为了。那个时候我真想死啊! 巴特尔鼓励我说:"不能死, 活着就会有办法的"。

芽　儿:真保不住了?

断翅鹰:是啊。

断翅鹰:我在医院整整住了一年以后出院了。我的耳朵没有了,只留下两个小小的耳根子;鼻头没有了,两个鼻孔朝天,黑洞洞的;左手只留下一个拇指;胳臂也僵了,拿不起放不下,时刻吊在肚脐眼那里;右脚也没有脚趾了,用脚托子走路。

芽　儿:你? 你成那样了?

断翅鹰:是的。我是废人一个啊!

芽　儿:真的吗? 现在呢?

断翅鹰:现在还是那样啊。

芽　儿:哥,你咋就成了这样了啊?

断翅鹰:你别哭,听我说。后来,巴特尔把我安排在摔跤队里吃住。一个月后,巴特尔说,他有一个朋友,是个很了不起的人,现在正在落难,靠收破烂过活。如果我愿意,可以跟那个老头一起去收破烂,以后看情况再说。我答应了他——我别无选择,我不能一辈子在巴特尔那里。我也应该去寻找生活的路子去了。老头50岁,他收留了我,为我做了个手拖木箱,我的收破烂生涯就这样开始了。

芽　儿:是这样啊,我误会你了,哥。你咋就成了这样啊!

断翅鹰:唉。

芽　儿:你受苦受罪了。我一点也不知道哇。

断翅鹰:你说我一个废人,我能回去吗? 能去找你吗?

芽　儿:哥,我咋就不知道发生这些事? 我还以为你变心了,不要我了。

断翅鹰:你怎么又哭了? 不要哭。

芽　儿:哥,我错怪你了。哥!

断翅鹰:在我住医院的时候,巴特尔告诉我有个姑娘来找我。我知道一定是你。

芽　儿:啊,巴特尔骗了我,他说你没去蒙包。

断翅鹰:那不能怪他,他是个好人。是我要他那么说的。

芽　儿:咋哩?

断翅鹰:当我知道我成了一个废人的时候,我首先想起了你。我想你可能会到蒙包来找我。我就告诉他,无论谁找我,你就说不知道。

芽　儿:那你就跟着老头收破烂?

断翅鹰:是啊。这一收就是十来年。

芽　儿:哦。

断翅鹰:你不是奇怪我像个有文化的人吗?

芽　儿:是啊。我一直想问你,你是个大老粗,可是你现在的谈吐却不像,是咋回事啊?

断翅鹰:我本来是没有什么文化的,我只上了小学三年级。到了蒙包,我天天跟着那个老头收废纸旧书,老头每天晚上都要把当天收回来的东西详细看一遍,把他认为有用的书放在一个箱子里,舍不得卖掉。我非常纳闷。有一天晚上老头在我收来的旧书里发现了一本发黄的古连纸线装书,如获至宝,整整看了个通宵。最后在书的扉页上写下了"蒙包拾荒者"五个字。他说:"如果有识货的,这本书能卖市委书记一年的工资。"

芽　儿:哦。

断翅鹰:20多年后,一个香港老板在广州用40万元从一个年轻人手里买走了这本书,并组织30多人到蒙包市寻找"拾荒者"。而全蒙包市没有一个人知道谁是"拾荒者"。那个香港人留下一句谁也听不懂的鸟语后怏怏而去。

芽　儿:你说的是真的吗?就没有人认识那个老头吗?

断翅鹰:认识老头的人很多,但是谁也不知道他就是"拾荒者"呀。

芽　儿:可你知道呀!

断翅鹰:那时候,我在蒙包车站上混。听说老头在改革开放以后发了财,和一个漂亮的少妇相好了,半年后老头在那个少妇的床上脱精而死——我知道了这个故事,找到那个风韵犹存的女人想全部收购老头的藏书。那个女人被我的模样吓了个半死,说,她也知道老头的书很值钱。她和老头的交易是睡一夜只给一页书,不给钱。说着她给了我207页没头没尾的书页和一张封面。——三大箱子非常珍贵的旧书下落不明了。

芽　儿:哦。啥书这么值钱?

断翅鹰:《永乐大典医药辑佚》。

芽　儿:我不懂。

断翅鹰:就在老头说了一本书就值市委书记一年的工资以后,

我开始学习文化。老头给我从废书里找了一本《新华字典》,先教拼音,后教查字方法,我用一年的时间背过了这本字典——今天我仍然可以毫不费力地说出哪个字在哪一页,是什么意思。

芽　儿:是吗?

断翅鹰:比如,你的芽字是514页的第二个字,芽是植物的幼体,可以发育成茎、叶或花的那一部分。

芽　儿:哟!

断翅鹰:然后我又找了一本《汉语成语小词典》,每天背一页,撕一页,撕完了也背过了。

芽　儿:是真的吗?

断翅鹰:是的,比如,成语缠绵悱恻,是形容内心痛苦难以排解的意思。

芽　儿:你行啊。

断翅鹰:收了几年破烂后,我自己摆了一个书摊,有马列毛著、中外名著、诗歌戏曲、杂志、盗版图书、黄色小说,五花八门,几年里我一边卖一边看,我不能说自己学富五车,但是我可以夸张地说我看过的书是汗牛充栋。

芽　儿:原来是这样。

断翅鹰:因为卖书我知道了人们喜欢什么样的书,由于这个原因我后来一夜暴富,再后来又几乎跳楼而死。

芽　儿:咋了?

断翅鹰:以后我会告诉你的。

芽　儿:哥……我不怨你了,我对不起你啊。

断翅鹰:你不要哭了。你身体不好,要注意啊!

芽　儿:哥,你成了这样,我一点也帮不了你,咋办啊?哥……

断翅鹰:你不要哭了。你再哭,我也要哭了。我们要坚强,要坚强。

芽　儿:哥!

断翅鹰:香椿!

芽　儿:哥,今天啥也不说了,我给你唱个歌哇。

断翅鹰:你想唱?

芽　儿:这些年来我也不知道是咋啦。哭的哭的就想唱。

断翅鹰:哦。

芽　儿:你还记得我过去唱的歌吗?

断翅鹰:记得。

芽　儿:今天我再给你唱唱哇,你愿意听吗?

断翅鹰:愿意,你唱吧。

芽　儿:你戴上耳机子。

断翅鹰:哦。

芽　儿:我唱了:

　　　　隔山那个隔水呀亲亲隔了呀那个音,

　　　　山曲曲难串呀亲亲难串两颗颗那个心。

　　　　河里头的那个水呀天上头的那个云,

　　　　难活不过那个人呀人想人。

　　　　人前头那个想你呀亲亲脸上那个笑,

　　　　人后头那个想你呀亲亲泪蛋蛋那个掉。

　　　　拿起了那个针来低不下那个头,

　　　　想起我的那个哥哥泪长流。

　　　　眼望那个青山呀亲亲雾呀雾沉沉,

　　　　难活那个不过呀亲亲人呀人想那个人。

......

断翅鹰:香椿,别唱了,你又哭了。

芽　儿:哥,我终于找到你了,终于又给你唱了一会儿。

断翅鹰:香椿,不要哭,你休息吧。

(停顿)

芽　儿:哦。

断翅鹰:明天见。

芽　儿:哦。

断翅鹰:再见。

九

2008.05.07　19:00:00

芽　儿:哥!(图片:拥抱)

断翅鹰:香椿,不要这样叫了。(图片:握手)

芽　儿:不,你别管。30年了,我想叫啊。

断翅鹰:你忘了吧。全忘了吧。

芽　儿:不,你把视频打开,我要看看你。

断翅鹰:我没有。

芽　儿:我知道你怕我看见你的样子,所以你不开视频。

断翅鹰:我原来就没有那个东西,我走在大街上人们还害怕,我要那个做什么。

芽　儿:你就是再难看,我也想看见你啊!

断翅鹰:你不要哭了。我们不是见了吗?不是好好的吗?

芽　儿:不,你把视频开了吧,我求你了!

断翅鹰:我真没有。就让我给你留些美好的记忆吧,这样我的心里好受些。

芽　儿：哥！你咋就成了这样啊！

断翅鹰：你别哭，听我说吧。

芽　儿：哦。你说哇。

断翅鹰：我跟老头收了十来年的破烂，十年里我学到了文化，我也存了些钱。后来我在火车站摆起了书摊，一摆又是十来年。我的生意很好，我又包了车站的一个饭店和食品店。后来我认识了车站的一个领导，又做起了车站最大的票贩子，我成了一个有钱的残疾人。在火车站，我好几次遇上咱们九原人，我每次都想认他们，想打听你的情况，可是我没有。他们没有一个能认出我来。谁也不会把一个残废和一个挠羊汉联系在一起——我是又心酸又庆幸啊！

芽　儿：哦。

断翅鹰：但是一个人出现了，她一下就把我认出来了。

芽　儿：谁？

断翅鹰：臭椿。

芽　儿：是她？咋是她？

断翅鹰：她的出现打乱了我的生活，我的命运再次发生了变化。

芽　儿：她咋就到了那里？她把你咋了？

断翅鹰：当她从我手里买车票时一下子就认出了我。她惊讶地合不上嘴。她打扮得像个贵妇人似的。她要请我吃饭。饭桌上她详细问询了我的情况，并且告诉我你已经跟了二圪蛋，而且过得很幸福。她自己现在在北京当书商，说印书卖书很赚钱。如果我有本钱她能使我的钱翻几番。我被她说动了，我们开始了第一次合作。我们把一个末流作家的三部曲《夜来香》、《勿忘我》和《百合花》手稿买断，臭椿把它改成了《夜夜高潮》、《床第之欢》和《性的快活》，然后大量自费出版印刷卖出去。我们赚了不小的一笔钱。几乎是暴发啊!第二次臭椿又鼓动我出版《中外禁书 50 部》、《明清宫藏画册 30 卷》,我拿出了全部积蓄,卖掉了全部店铺和楼房。还借贷 50 万元。她带着大部分资金去北京收购书画,准备出版。我在全国联络了 30 多人的队伍准备推销图书。可是,我万万没有想到,她把我骗了。她失踪了。我再也找不到她了。我的血汗钱没有了,还欠下一大堆的债务。

芽　儿:你咋要相信她呢?

断翅鹰:我对不起借钱给我的人,我想离开蒙包。一年后我流落到了现在这个边陲城市,再次开始收破烂。后来又摆书摊,一个可以维生的小书摊。

芽　儿:我们一家害了你,我们对不起你啊!哥,你一个人咋过啊?你成了那样,身边没有个女人照料你,你咋活呀?

断翅鹰:我能过。我的小书摊可以养活我。我恨过、气过。但是现在已经不了。人就是这样,我们不想痛苦,可是免不了痛苦,甚至是痛不欲生。但是,时间可以抹平一切。如果不是遇见你,我是不愿意再说这些的。有女人要活,没女人也要活。

芽　儿:可是……哥!

断翅鹰:我不苦。白天卖书看书,晚上有电视有电脑。我不寂寞、不空虚。我搞了个残友 QQ 群。我可以和网友谈天说地。我还办了个残疾人的网站,我还有自己的博客。在那里我可以表达我的思想,我的感情和我的诉求。我写了很多东西,大家很喜欢,我心里也很欣慰。我本来想写咱九原的跤乡跤事,写写挠羊汉。可是我怕人们知道了我的身份,所以没有写。心里想着这些,我觉得我还是个有用的人。我真是痛苦并快乐着。你不要牵挂我了。

芽　儿:你回来哇,哥。

断翅鹰:回去?不了,不了。

芽　儿:你回来哇,这里有我,还有我们的儿子。(发送音乐场景:萨克斯《回家》)

断翅鹰:我不回去了。

芽　儿:咋哩?

断翅鹰:这个样子我不想见人。

芽　儿:你忘了我吗?

断翅鹰:没有,可是我不回去。

芽　儿:你不想见我,连你的儿子也不想看看吗? 你的心就这么硬?

断翅鹰:不,不是我心硬。"一杯愁绪,几年离索。错! 错! 错! 山盟虽在,锦书难托。莫! 莫! 莫!"

芽　儿:我给你电话号码,你给我打电话吧。

断翅鹰:不了,我本来不想让你知道我的事情。可是命运却安排我们在网上遇见了。这样也好。这辈子我能这样看看你,已经很满足,很高兴了。

芽　儿:哥!

断翅鹰:泰戈尔有一段诗,你知道吗?

芽　儿:我不知道。

断翅鹰:我给你背两段吧:

　　　　世界上最远的距离,

　　　　不是我不能说我想你,

　　　　而是彼此相爱,

　　　　却不能在一起。

　　　　……

世界上最远的距离，

不是树与树的距离，

而是同根生长的树枝，

却不能在风中相依。

世界上最远的距离，

不是树枝无法相依，

而是相互嘹望的星星，

却没有交汇的轨迹。

芽　儿:我们就是那树枝和星星?

断翅鹰:不像吗?

芽　儿:哥! 我想找到你,可是我万万没想到是这么个结果。

断翅鹰:不要哭,不要哭。

芽　儿:那么,我去看你哇。把你的地址和电话告诉我。

断翅鹰:不,你不要来,你忘了我吧。

芽　儿:不,你告诉我地址和电话。

断翅鹰:我不会忘记你的,但是,我们只能这样了。

芽　儿:不,你不要这么狠心。

断翅鹰:听我的话,不要哭了。你要好好的生活。

芽　儿:哥,我要去找你。

断翅鹰:不要了。有那盆香椿树陪着我就可以了。我能活下去。

芽　儿:哥,我对不起你呀!

断翅鹰:我说过,不能怪你,我们都没错。

芽　儿:哥,是我害了你呀!

断翅鹰:不,我不怪你。你没有错。

芽　儿:那你就回来哇。你再想一想,明天答应我,行吗?

断翅鹰:不要哭了。我下了。

芽　儿:哦。你下哇。你好好的想一想,明天我等你。

断翅鹰:好吧,明天见。

芽　儿:哦。

十

2008.05.08　19:00:00

芽　儿:哥。(图片:拥抱)

断翅鹰:你好。(图片:握手)

芽　儿:我说的事情你想好了吗?

断翅鹰:什么事情?

芽　儿:你回来的事情。

断翅鹰:我不回去。

芽　儿:咋啦?

断翅鹰:我这个样子不能见九原的人,还不如大家认为我死了的好。何况我的事情还没有做完。

芽　儿:你还有什么事情没做完?

断翅鹰:两件事。第一件是我已经做了好几年的事情。第二件是这几天决定做的事情。

芽　儿:甚事?

断翅鹰:先说头一件。我前边说过,老头一页一页地给了那个女人一本《永乐大典医药辑佚》。你知道这本书为什么珍贵吗?

芽　儿:不知道。

断翅鹰:我告诉你。《永乐大典》是明朝永乐时期编纂的一部大型典籍。后来因为战乱遗失了很大一部分。老头那本书就是散落在民间的一本医药类典籍。

芽　儿:哦。

断翅鹰:老头是有文化的人。他藏的书肯定都是很珍贵的。香港老板买了一本书就花了40万。那一箱子书值多少钱?简直无法估量啊。

芽　儿:你想找到那一箱子古书?

断翅鹰:是的。我敢肯定老头没有把它卖掉。他是突然死的。那一箱子书肯定还在什么地方藏着。

芽　儿:哦。你不要找了。我怕你再弄出啥事来。

断翅鹰:没事的。我琢磨这个事情已经多年了,也有些进展了。可是我的脑子还是不行。

芽　儿:咋啦?

断翅鹰:老头活着的时候经常念叨《红楼梦》里的一段诗,我当时不知道为什么。两年前我忽然明白了那是藏书的秘密。现在,我已经破译了这个秘密的一部分,可是还没有完全弄明白。

芽　儿:不要再费那个事了。能活就可以了。

断翅鹰:不。如果找到了,我就把它献给国家。我相信国家是不会亏待我的。那时候我就去整容。然后我要回九原举办摔跤节,组织少年摔跤队。

芽　儿:到时候我们就可以见面了?

断翅鹰:是啊。

芽　儿:你别折腾了。如果你不愿意回来,那我去找你,我想好了,我侍候你一辈子。

断翅鹰:不,你见了我会害怕的。我也不想让你看见我的样子。

芽　儿:我不怕。我愿意。

断翅鹰：不。不行。

芽　儿：哥,你不要多想。我是谁?我是你的香椿啊。

断翅鹰：我知道。

芽　儿：要不是遇了这事,我们早就是一家了。我能嫌弃你?何况,是我把你害成这样的啊。

断翅鹰：不,那不行。

芽　儿：你就是再残废再丑陋,我也愿意和你生活在一起。

断翅鹰：你不要说了。那样我的心里会难受的。我不能再连累你,连累别人了。

芽　儿：你是怕儿子不愿意?他会同意的。

断翅鹰：不,我不愿意。

芽　儿：你咋就这样犟啊。

断翅鹰：昨天我也想过了。那本《永乐大典医药辑佚》可能值些钱。我想找个识货的人把它卖了。把钱给你寄回去。你们母子用了吧。或者给孩子买个出租车,或者给他娶个媳妇。算我对孩子的一点责任吧。

芽　儿：我不要,你留着吧。你身体不好,存些养老钱哇。

断翅鹰：我能活。我还有第二件事情要做。

芽　儿：甚事?

断翅鹰：我要还我的良心债。

芽　儿：啥良心债?

断翅鹰：就是我欠你的良心债。

芽　儿：不,你不欠我,是我欠你啊!

断翅鹰：我以前不知道你的情况,还以为你活得不错。现在我知道了,你为我受了苦。你没有过一个女人应该过的日子,是我毁了你。还有我们的儿子,因为我们让他承担了本不应该承担的代价,我对不起你们。所以打算找到臭椿,把她骗我的款追回来。我要尽我应该尽的责任。这样我才能安心啊。

芽　儿:可是你能找到臭椿吗?

断翅鹰:把握不大,但是希望很大。

芽　儿:咋说?

断翅鹰:我说过,我有一个残疾人网站,还有一个残友群。我的残友遍布全国各地天涯海角,他们热心助人,能量很大。他们会帮助我找到臭椿的。

芽　儿:可是,我们在一起并不影响你做这些事啊。

断翅鹰:不。恢复我正常的身体和面目,还我的良心债,举办我的摔跤节,成立少年摔跤队,都是我的愿望。实现不了这些愿望,我不见你。不见任何一个九原人。

芽　儿:你变了,变得心硬了,绝情了。

断翅鹰:是吗? 变是绝对的,不变是相对的。是生活改变了我。我没想到在网上遇见你,并知道了你的遭遇。我过去相信命运,现在我要和命运抗争。

芽　儿:你别说这些。我不等你这些事,我现在就想和你在一起啊!

断翅鹰:你不要哭,也不要怪我。我们就是那互相瞭望的星星,只能这样了。香椿。

芽　儿:不,哥。我不想这样啊!

断翅鹰:老头说过一段绕口令,我一直没有忘记,你愿意听吗?

芽　儿:你说哇。

断翅鹰:那年老头知道了我的遭遇,就说了一段话,我一直记得:

也许前世有欠账,
所以需要今生还。
如果今生新欠账,
来世还账能美满。
生生死死账未完,
生生世世相纠缠。
生生世世有纠缠,
生生死死无遗憾。

芽　儿:我不知道前世的事情,我知道我这辈子欠你了。我多会儿能还你啊?

断翅鹰:我们好过了,爱过了,不要遗憾了。

芽　儿:不,如果来世还账能美满,那我这辈子、再下辈子都还你的账。

断翅鹰:也别信那个。我是说不要遗憾了。

芽　儿:你不遗憾?

断翅鹰:遗憾当然有,但是我不后悔。尽管命运对我很刻薄很残酷,它毁了我的爱情,毁了我的躯体,毁了我正常的生活。它让我九死一生,历尽苦难。但是它没有结束我的生命。它让我爱过,让我们好过,尽管我付出了惨痛的代价,但是我不后悔。

芽　儿:哥!

断翅鹰:香椿,你不要再痛苦悲伤了。你要想开些,要坚强起来,要好好地活下去。

芽　儿:哦。

断翅鹰:我们的情况已经互相知道了,我该做我的事情去了。你不要再找我了。我没有什么能留给你,就送你一束玫瑰吧。让它代表我的祝福吧!(图片:一束红玫瑰)

芽　儿:不! 我好不容易找到你,我们还没好好说话啊,你咋就要走?

断翅鹰:你以后不要再找我了。也不要再哭了。这样对你的身体不好。你需要平静,你要调整好自己,好好的生活。

芽　儿:不,你不要走!

断翅鹰:我们就此告别了。我要下线了。

芽　儿:别,你别下啊!

断翅鹰:我走了,祝福你。

芽　儿:别……我明天在网上等你,你早些来。

断翅鹰:你不要等了,明天我就要注销这个 QQ 号了。

芽　儿:为什么?

断翅鹰:很简单,你忘了我吧,好好的生活。

芽　儿:我们刚刚联系上,你不要注销啊。

断翅鹰:忘了我吧。忘了过去的一切吧!

芽　儿:不,你不要这样,哥! 你别走,别走!

断翅鹰:就此告别吧,香椿。我再次祝福你!

芽　儿:不,摔死牛,你别走,我还有话啊,你别走啊!

断翅鹰:我下了。

芽　儿:哥,我苦苦找了你 30 年,就找下这样的结果吗?

断翅鹰:香椿,不要哭了。除非我的愿望得以实现,否则……我们就只能这样了。你要想开啊。

芽　儿:你别走……我还有话啊,你别走啊。

断翅鹰:香椿。我,我下了。

芽　儿:哥,我不想这样啊……

芽　儿:哥啊!(场景音乐:《思念》)

你从哪里来,我的朋友,

好像一只蝴蝶飞进我的窗口。

不知能作几日停留,

我们已经分别太久太久。

你从哪里来,我的朋友,

你好像一只蝴蝶飞进我的窗口。

为何你一去便无消息,

只把思念积压在我心头。

你从哪里来,我的朋友,

你好像一只蝴蝶飞进我的窗口。

难道你又匆匆离去,

又把聚会当作一次分手。

……

2010.5.14

(此文系本人创作,首次在我爱我村网公开发表。其他媒体如若转载,须经本人同意,否则视为侵权。)

后记：不仅仅是故事

吴修明

山西是赵树理的故乡。"山药蛋派"的出现，作为中国当代文学史上一个重要文学现象，影响了一代又一代山西作家。如今，在山西农村，正活跃着一批"山药蛋派"的追随者，写诗做文自得其乐，我们不妨称他们为农民作家、"小赵树理"。他们创作出的带有浓郁乡土风情的作品，再次让我们感受到乡土中国的魅力和韵味。由中国移动通信集团山西有限公司我爱我村网分公司编辑、山西人民出版社出版发行的《农民写的农村故事》一书即将付梓，本书总策划、主编杨改桃女士嘱我写几句话。翻阅大样后，我想谈几点感觉。

第一，"农民写、写农民"，新型农民正在发出自己的声音

文学源于生活，又高于生活。如今的图书市场，反映城市生活的作品铺天盖地，如过江之鲫，几乎令那些反映现实农村题材的作品全军覆灭。《农民写的农村故事》的出版，无疑会有效弥补这一图书出版界遗憾。让扛着锄头下地的农民拿起笔来，写自己熟悉的家长里短，写自己家族的感情纠结，写村里的婚丧嫁娶，这些农民作家的亲身经历，犹如迎面春风跃然纸上，我们可以品味泥土芳香，感受乡亲荡漾，读起来显得特别养眼、亲切、珍贵，我们仿佛看到他们正端着碗,在邻家攀谈,可亲、可信、可爱。

我爱我村网是农民互相交流的一个阵地,一个巨大平台。农民通过这个平台,向社会发出了自己的声音、传递着自己的信息。这里发生过许多故事:暴风雪之夜,众多掌门人联手,解救出被困的行车人;村网编辑联手众媒体,与忻州掌门人一道,给弃婴找到一个温暖的"家";村网编辑四处奔波,咨询律师,了解政策,帮助太原种树妇女刘果霞维权……这里创造出许多致富奇迹:大同掌门人王瑞、吴春来,通过我爱我村网卖出 100 多台玉米播种机;忻州掌门人张成亮,三天在网上卖出几万斤大白杏;运城掌门人黄中泽,通过网络渠道,将自己的瓜果蔬菜卖出个好价钱,卖啥都是好几万斤地卖,远近闻名,客商倍增……作为全国"农民写、写农民"的一个范本,我爱我村网《农民写的农村故事》的诞生,其划时代意义就在于,搭建起了属于农民自己的文化平台。

浏览过我爱我村网的人都知道,这个网的定位是"全国最大的农村门户网站",网站的栏目和内容设计,全部围绕着"农"字做文章,"家长里短"、"农村知道"、"致富信息"、"家电下乡"、"村网博客"、"招聘求职"、"赶集信息",无不浸透着浓浓的乡村气息。应该说,当解决"三农"问题已上升为国家战略,除了城市反哺农村、工业反哺农业,还必须让广大农民产生自救力、内生力。

借信息之力催生新农村建设的动力,我爱我村网走在路上。

不惧艰险,自强不息,转型发展,不懈创新,这是一个国家的灵魂所在,更应该成为今天新农村建设的灵魂。我爱我村网 2008 年底创建以来,依托移动通讯强大的网络辐射平台,培养出覆盖全省两万多个村庄的农村掌门人。这些掌门人,作为村网扎根农村最基层的信息员,除在我爱我村网上发布本村新闻和市场供求等与农民生产生活密切相关的信息外，还为我爱我村网提供了无数条鲜活新闻。他们在自己率先致富的同时，还帮助、带领农民一起闯市场，成为新农民建设的中坚力量。一位农民朋友在聊天室里留言称，"村网不是万能的，但没有村网是万万不能的"，就代表了广大农民朋友的心声。开办以来，我爱我村网在农村信息化推广、搭建农民致富平台、沟通城乡贸易、解决农民切实困难诸多方面，做出了卓有成效的努力，使之成为农民致富的好帮手、弱势群体的代言人，《农民写的农村故事》就是一个缩影。

第二，解决"三农问题"需要有特性的农民文化来支撑

如果说创新是一个民族的灵魂，那么，文化，就是创新的一翼。"让农村新型特性文化转化为现实生产力"这一目标，在我爱我村网得到了体现。他们知道，离开先进的文化强大推进和支持，新农村建设必然会被封闭、落后、愚昧持久替代。

建立新农村文明迫在眉睫。新农村文明必须有自己的载体和表现，创新其手法。

通读《农民写的农村故事》许多篇章，许多故事都是带着露珠，新鲜、淳朴，带有浓郁的乡土气息。读来，有一股久违的田园感觉，仿佛回到了桃花源。这些故事有亲情、有乡情、有感动、有顿悟、更有迫切改变农村落后面貌的反思意识、赶超意识。就艺术审美和行文笔法而言，有些作品或许还显得纤细、稚嫩、单薄，但透过这一篇篇白描写生作品，我们看到的，是浓郁风情下的"三农情结"。这种带有挣扎、反思、奋斗、拼搏、理想意念的情结，深深地感染着我们，让我们看到了蕴涵于农民内心的不朽的创造力。在这些篇目里，我们看到了文字之外的精神，一种自发的、缓慢游移的强大推进力，一如鲁迅笔下的"民族的脊梁"。

第三,农民正在充当自己利益的代言人

不久前,我爱我村网博客选登了一篇文章:今年 8 月末,80 岁高龄的经济学家厉以宁来到山西考察城乡统筹等问题。他说,"农民企业家"这一称谓本身就是一种身份歧视。"农民工",身份是农民,职业是工人,这是过去城乡二元结构体制造成的。因此,要大力推进城乡一体化,去除"市民"、"村民"这种人为设置的界限,实现"双向城乡一体化"农民进城,城里人也下乡。我们可以在重要城市做试点,实行双向一体化,城里人愿意下乡经营农业的,可以投资农业,建立起大规模的养殖场、农产品加工厂。资本下乡、人才下乡,将大大提高土地利用率,生产率也会大大提高。

的确,在城乡一体化的历史进程中,需要一大批像厉以宁教授这样为"三农问题"鼓与呼的经济学家,更需要一大批扎根农村、热爱农村、熟悉农村,为农民利益无私奉献的企业和企业家。今天,我爱我村网正在顺应这一潮流,自觉承担这一历史担当,充当农民致富的领路人、维护农民利益的代言人。

我爱我村网两年多来的实践证明,活跃在村网里的掌门人、信息员,其实就是自己利益的代言人。

在《农民写的农村故事》里,我们看到了农民自己的思考。许多农民关心自己致富,也关心农村未来走向。他们在艰苦劳作之余,关心新农村建设带来的问题。他们用自己的笔触,反映这一历史进程中的最直接的变化。在书里,我们欣喜地看到了他们对于城乡一体化的尝试。那里,有无数农民尝试着走出农村,也有无数农民扎根农村,实现着与城市、与市场的对接。除了种植、养殖、碳汇、高效农业、产业化、贸易、公司、基地,这些传统意义很陌生的词语,已经在农村、在《农民写的农村故事》生根发芽。在新农村建设中,他们

用思考、责任、勤勉、创业，充当着自己的代言人。

在《农民写的农村故事》里，我们看到了什么？除了一个个感人的故事，一篇篇对于生活的感悟，一幕幕浓郁乡村情景再现，一幅幅朴实而精彩的画面，我们还看到了信息化给农民带来了机遇，看到了新时期农民对于自我生存环境的认知，看到了网络无限沟通给农民带来的实际利益，看到了对农民的关护激发出农民无限的创造力，看到了农民由被动致富转向主动发展、主动寻求突破的创业冲动。

是的，《农民写的农村故事》不仅仅是故事。在这里，我们看到了一代新型农民的成长轨迹，看到了他们的思想自觉和责任担当，看到了他们对于农村发展模式的持久突破，看到了他们解决"三农问题"的内生力。在这一历史进程中，文明的演进，文化的推广，对于农民的教启意义、引导意义就显得十分重要。我们感觉《农民写的农村故事》这部作品，仿佛即将灿烂于天空的一抹青春之光，霞光初绽，大幕将启。

2010 年 10 月 23 日